ANXIANG
GUSHI

章绍君／主编

团结出版社
UNITY PRESS

图书在版编目（CIP）数据

安乡故事 / 章绍君主编. —北京：团结出版社，2020.1
ISBN 978-7-5126-7685-5

Ⅰ.①安… Ⅱ.①章… Ⅲ.①民间故事–作品集–安乡 Ⅳ.①I277.3

中国版本图书馆 CIP 数据核字(2019)第 298146 号

出　　　版：团结出版社
　　　　　　（北京市东城区东皇城根南街 84 号　邮编：100006）
电　　　话：(010) 65228880　65244790
网　　　址：www.tjpress.com
E－mail：65244790@163.com
出版策划：成都力扬文化传播有限公司　028-86965206
经　　　销：全国新华书店
印　　　刷：成都兴怡包装装潢有限公司

成品尺寸：145mm×210mm　32 开
印　　张：8
字　　数：200 千字
版　　次：2020 年 1 月第 1 版
印　　次：2020 年 1 月第 1 次印刷

书　　号：ISBN 978-7-5126-7685-5
定　　价：48.00 元

《安乡故事》编委会

主　　编：章绍君

副 主 编：侯慧明　唐志平　周华东

执行主编：韩　霆

编　　辑：李世俊　崔化群　胡国才

校　　对：安　彦

故乡故土有故事

——写在《安乡故事》出版之际

章绍君

    一个没有故事的地方，是让人容易淡忘的地方。一个富有故事的地方，是令人难以忘怀的地方。

    安乡，注定是一个令人难以忘怀的地方，因为她有故事。

    "垸遗七千年古迹，水系一万里长江"，这是我写安乡的一副对联。我试图用一种大的时空观，对安乡进行俯瞰式、大写意的描述。这一方由江河与堤垸构成的故乡故土，以她垸内的汤家岗命名的文化遗存可以上溯七千年；从她境内穿越的松滋、虎渡、藕池诸水，把万里长江和八百里洞庭串联在一起。古老的文明和奔流的江河，共同滋养着一代又一代安乡人。我们的故乡故土是如此独特，如此多娇。在这方神奇的土地上，流动的不仅是水，还有许许多多动人的故事。这些故事，或溯源于远古，或发生于当代；或播之于众口，或刊之于方志；或隐之于姓氏，或化之于地名。林林总总，蔚成大观。可以这样讲，故事是安乡本土文化的一枚胎记，又是安乡历史文化的一炬薪火。

　　搜集并整理好安乡故事，安乡文化工作者曾经做过许多保护性的基础工作。进一步做好这项工作，是我们所有追梦的安乡人义不容辞的光荣使命，我们政协人又焉能作壁上观而不起而行之？从 2016 年起，安乡政协就开始筹划再编一本《安乡故事》。这次编纂工作的宗旨是兴文、存史、资政、强县，上达讲好中国故事之站位，下合文旅兴县战略之需要。方针是抢救、挖掘、扩容、重构，意在避免许多有文化底蕴的安乡故事因人亡事怠而湮灭，尽可能地编一部囊括所有安乡故事的全集，在继承利用的前提下对安乡故事重新来一次搜集、筛选、归类和创作。总之，新编的安乡故事不仅要传承原有安乡故事的文化基因，又要塑造出全新的文化面目和精神气质；不仅要成为讲述安乡故事的蓝本，更要成为本土文化的传世之作；不仅是给安乡人看的，以唤起大家的乡恋乡愁，更是给外地人看的，以助力文旅产业发展，扩大安乡的知名度、美誉度。

　　有鉴于此，安乡政协组建专门班子，筹集专项资金，实施这项继以往开将来的文化工程。这次编纂工作原拟第八届完成，奈何此事看似不难，却成事非易，故不求其速，但求其质，仍作为第九届政协的工作目标，持续发力，以臻完美。为不负使命，不留遗憾，编纂小组成员访文化老人于闾巷，问民间艺人于村野，采历史典故于馆藏，求传奇考证于遗址，时历四年，稿凡三易，遂编成此册，得偿夙愿。

　　《安乡故事》编纂工作，虽属整理整合之事，实有创作创新之功；虽难免有遗珠之叹，谅已尽拾遗之力。可谓安乡文化史上的一件有历史贡献的工作，亦可谓安乡政协史上一个有标杆意义的履职佳话。

《安乡故事》即将付梓，领办此事的韩霆先生索序于我，是日思绪飞扬，成此篇。行文搁笔，有直抒胸臆之快，有故乡故土之思，犹有未尽之意，吟成绝句一首。诗曰：

千秋故事数吾乡，一卷书成意浩茫。

江水湖波流不尽，凭谁继起续华章？

2020 年 2 月 9 日于半罐斋

目录
CONTENTS

1

革／命／故／事

历史故事

AN XIANG GU SHI

樊哙后人在舞阳

野　山

安乡县安裕乡（现大鲸港镇）有一条哑河叫舞阳河，舞阳河畔有一个垸子叫舞阳垸，舞阳垸的臂弯里有一个村子叫舞阳村（现铁板洲村），村里住着一群樊姓人，据说他们是樊哙的后人。

樊哙原籍江苏沛县，封地在河南舞阳县，大将军府位于西安城内，他的后人为何会在湖南安乡繁衍生息呢？原来这里有一段鲜为人知的往事。

话说秦朝末年，天下大乱。本屠狗为业的樊哙随刘邦仗剑天下，功成名就，拜大将军，封舞阳侯。刘邦为了彰显兄弟情谊，还把小姨子吕媭许配给樊哙为妻，使樊哙成为皇亲国戚。一时间，风光无限。

西汉高祖十二年（前195年），刘邦驾崩。几年后，樊哙亦逝，其长子樊伉世袭舞阳侯。此时，继位的汉惠帝刘盈孱弱，致使皇权旁落，太后吕雉专权。吕氏姐妹为人狠毒，用事专横，大臣既畏且恨。高后八年（前180年），吕雉病故，刘氏宗族立即发难于外，大臣陈平、周勃兵变于内，大肆诛灭吕氏集团，吕媭亦死于乱军之中。

正当兵变大军杀向舞阳侯府之时，南军卫士令程忠亦伺机抄近路快马驰向舞阳侯府。程忠何许人也？他原为樊哙马弁，武陵郡屏陵县人，因军功累升为南军卫士令，负责宫城禁卫。好个程忠，此时立于樊伉面前，急速禀告："侯爷，大军即刻杀到，请您当机立断！"

樊伉仰面长叹："自作孽，不可活。姨母与母亲，用事太绝，迟早当报。我死无怨，只可惜小妾刘氏已身怀六甲，请将军您感念父亲薄面，保我樊氏一脉，带刘氏逃命去吧。"说罢，双方泣声拜别。

大军杀到，樊伉从容镇定，挥剑自刎。程忠携刘氏乔装出城，一路东行。一月后，才在武陵山区隐居下来。冬去春来，刘氏产下一男婴，随程姓。樊氏一脉，改名换姓，深居简出，在此繁衍生息，枝繁叶茂，樵读为本，清苦自立。

及至明万历年间，武陵山区大旱，草木不生，程家遂举家迁往湖区，即今大鲸港镇铁板洲村。他们在此筑堤挽垸，开荒拓土，自食其力。为纪念先祖，他们把新挽的垸子命名为舞阳垸，居住的村子命名为舞阳村，村旁的小河命名为舞阳河。明末，程家有一学子科举及第，入朝为官，遂上书朝廷，恳请改为本姓。至此，樊姓在安乡积善行德，耕读传家，逐渐成为本土望族。

黄山岗有座会子庙

彭其芳

赤壁大战后,刘备夺取了荆州。因此时荆州基业尚不稳固,东吴虎视眈眈,曹操又蠢蠢欲动,刘备等于是坐在了火药桶上,很不安全。而他的儿子阿斗又年小,若有什么不测,他将悔之晚矣。于是他想让阿斗离开火药桶,去到一个十分安全僻静的地方,让他好好成长。把阿斗交给谁呢?于是他想到了赵云。赵云两次救阿斗,又保他东吴招亲,是位勇敢而又善谋的常胜将军,于是他便秘密召见赵云商量。

赵云只身来到刘备的府第,刘备便把他引入一间秘室,谈了心中之事。

赵云听了,为刘备对自己的高度信任感到由衷的高兴,但也感到托主之重,即使有天大的困难,也要替主公完成这一重大任务,于是说:"荆州以南有座黄山,黄山之南有个叫黄山岗的小村庄,那里林木茂盛,偏僻宁静,可以将小主人隐藏在那里,放在一户农家生活,我保证是非常安全的……"

刘备高兴极了,接着从内室牵出了阿斗。赵云一看,阿斗已打扮成农家小孩子。他一见赵云,马上扑到他的跟前,亲热地喊道:"赵叔叔!"赵云一下把他抱在怀里。

刘备对阿斗说:"你以后就跟着赵叔叔,逢人不准说是我的儿子,就说是赵叔叔从战场上捡来的流浪儿……"

阿斗一听,哭了:"你不要我了?"

刘备笑了:"怎么会不要你了呢?"

"那你到哪里去?"阿斗老实得很,还是有些不放心。

"或许要到很远很远的地方去……你放心,我会来看你的……"

阿斗揉了揉眼睛,不哭了。

等到晨曦微露后,赵云用一辆有篷的马车,把阿斗接出了荆州城,途经黄山头,再到黄山岗,把阿斗安置在他所说的小村庄。他在路上不敢停留,连赶车的马夫也不知道。这个非同小可的秘密,当时只有刘备知,赵云知,小阿斗知。

阿斗也真听话,到了小村庄,便和村里的小朋友玩在一起了。不过,赵云对小村庄的警戒暗暗加强了。

过了一段时间,刘备与诸葛亮筹划一番后,便在荆州城召开重要军事会议。就要率军入川了,但对荆州十分不放心,便就两条战线作了重新安排:他与庞士元(即庞统)、黄忠、魏延领军前往西川,军师诸葛亮与关云长、张翼德、赵云守荆州。其具体分工是:诸葛亮统领荆州,负全权责任,关云长守襄阳要路、挡青泥隘口,张飞领四郡巡江重任,赵云屯兵江陵、镇公安、武陵。这样的部署是既防孙权,又防曹操。

开完会,任务落实了,刘备同赵云便悄悄地离开了荆州,快马加鞭赶到黄山头,然后直奔黄山岗,来到了黄山岗以东的小阿斗生活的小村庄。

刘备一看,果真是个好地方。

他们把马系在一株大树下，刘备就站在大树下，赵云却向小村庄走去。

走进了村子，赵云看见阿斗正与一些小朋友玩捉"羊羊"的游戏。阿斗当了主攻方，另一个小孩伸出双臂挡着阿斗当了防备方，不让阿斗抓住他身后的几只"羊羊"。赵云看了一会儿，看到阿斗真有点笨，他左冲右突，就是抓不到一个小孩。忽然，阿斗一调头，看见了赵云，便喊着"赵叔叔"奔了过来。

赵云摸着他的头，然后用手一指，说："你看那棵大树下，谁来了？"

阿斗认出了一身戎装的刘备，连忙跑了过去，刘备抱着阿斗坐在大树凸出地面的树根上，问："你在这里还好吧？"

阿斗老老实实地回答："好啊，有书读、有小朋友玩，还有红薯、包谷吃……"

刘备听了，不禁几颗泪珠掉了下来。他想，他的这个无娘儿也怪可怜的，现在只晓得红薯包谷的味道好了；此去西川，路远山险，前途未卜，或许战死沙场，一去不归，眼下与儿子相拥，有可能是人生的最后一次了，似乎一种生离死别的滋味涌上了心头。

阿斗伸出小手，替刘备揩掉泪滴，不解地问："你哭了？是想我吧？"

刘备又笑着点了点头。

"我在心里也常常想你……"

"好孩子，以后我会来接你的。或许你在小村庄不会待很长日子了……"

赵云站在一旁，看见父子俩的亲热劲，心里也不好受。

好一阵子，赵云才把阿斗送回小村庄。他今天又看到了刘备儿女情长的一面，金戈铁马的将军有时也柔情似水。

刘备入川后，取得了政权，成为了汉中王，便派人把阿斗接到了成都。而他在黄山头脚下的黄山岗之侧会见阿斗的事终于在群众中传开了。为了纪念小村庄一时有两位皇帝相会，若干年后，便盖起了庙，叫"会子庙"，意即刘备会儿子的地方。

安官渡口渡关公

孙万志

安官渡位于安乡县官垱镇沉田堰附近，相传此名来源于关羽在此乘船过渡而得名。

三国时期，东吴都督陆逊驻防陆口，与蜀国荆州前哨相望。当时陆逊只是一介弱冠之士，没什么名气。接替吕蒙都督职位后，就马上令人备上名马、锦裘、酒肉和书信差人送到荆州。当时关羽攻打襄阳时被毒箭射伤右臂，正在荆州养伤。见陆逊书信内尽是奉承称颂之词，不禁大笑道：孙仲谋用此孺子为将，东吴无人矣！其子关平侍立在旁，听到父亲如此一说，心想，父亲单刀赴会东吴，擒斩魏国大将于禁、庞德，水淹七军，威震华夏。自己跟随父亲几十年东征西讨，还未建功立业。如今东吴拜此无名小子为将，自己立功的机会来了，如能顺利拿下陆口，岂不是大功一件。遂侧身拜伏关羽道：东吴既无大将，平愿领兵前去取下陆口，以后荆州更无忧矣。关羽沉吟片刻，寻思也好让儿子单独历练历练，便同意了关平的建议，并令廖化在后接应粮草。关平拜谢接过令箭，点兵三千，沿长江水陆并进，直取陆口前线石首。

探马报说陆逊，陆逊含笑不语，早已秘密派遣重兵埋伏于石首江口两边的芦苇丛中。待关平水师前锋进入，令旗一挥，刹那

8

间箭矢如雨，伏兵一起杀出，蜀兵死伤惨重。关平策马前来救护，陆逊派韩当、周泰、徐盛、丁奉四员大将轮战关平。关平不敌，且战且退。这时东吴早已夺得他们的快船，关平又气又急，无奈只得率领残余兵马西撤。

探马奔回荆州禀报，关羽大惊失色，顾不上箭伤未愈，匆忙点兵一万从公安沿江而下接应。陆逊设立了三道防线阻击，关羽爱子心切，奋勇突破防线，但其所领兵马也损伤殆尽，和关平汇合后，人马早已不足两千。关羽心想，东吴素习水战，当年赤壁之战时就以水战称雄江东。如今我荆州快船尽失，单靠廖化粮船接应恐非敌之对手，不如寻得优势地理伏下暗兵，或许还有一线生机。于是在六虎山一线设伏阻击。此时吴军几路人马汇合在一起，一直在后紧追不舍。关羽率领剩下的三百余众匆忙撤退后，六虎山早已淹没在一片杀声之中。

众将士惊慌失措，在溃退时进入作唐（今安乡县）境内又被一条大河挡住去路，军心顿时大乱。关羽此刻也心急如焚，他想，如果几万追兵赶到，我三百余众必定横尸河边，难道老天真灭我关羽乎！不，我决不能坐以待毙，于是唤来关平，嘱咐马上组织几个小队沿河分头寻找船只。关平策马而去，不出三里果然寻得在河边补网的老渔夫，关平遂向老渔夫求助。老渔夫听说是关羽之师不假思索就同意了。只见他用竹篙拨开隐藏在芦苇丛中的小船，一声呼哨，芦苇深处就飞快划出了十只小船呈八字摆开而来，老渔夫率众渔民拜见关羽。关羽心中大喜，忙上前致谢老渔夫，随即和将士们一起登船过渡。待众将士都上了岸后，关羽再次向老渔夫致以谢意。老渔夫大声说道："将军，只要你们安全过了渡，我们也就心安了。"说罢手一挥，就见所有的小船又

井然有序地驶入了芦苇深处，后来追兵赶到，被河水挡道，知道再也追关羽他们不上，只好收兵离去。

老渔夫帮助关羽安全过了渡，被当地老百姓传为佳话。而此渡口也因这传奇故事名为安关渡。后来随时间的推移，安关渡谐音成了现在的安官渡。

刘弘秘葬黄山头

彭其芳

刘弘为西晋名将，字和季，沛国相人，即今安徽省濉溪县人，生于魏青龙四年（公元 236 年），爵封宣成公，历任镇南将军、荆州刺史、车骑大将军等职，是权倾一方、显赫一时的马上将军。

西晋光熙元年（公元 306 年）秋季里的一天，刘弘将军在作唐城的大将军府（即今安乡县安全乡槐树村境内）中患病了，开始是胸部疼痛，接着又胃部鼓胀，饮食难进，日渐消瘦，不几天便卧床不起了。

老将军躺在床上，不免回想起了自己这一生。他深深地感到他一生确实辛苦，为了保一方百姓的平安生活，他几乎没有脱下战袍，多数日子是在军营里度过的，有时运筹帷幄，有时披甲上阵，没有一点儿喘息的时候；同时，朝廷"八王"作乱，为了争夺皇位，兄弟间互相残杀，闹得文武百官人心惶惶，生怕自己上错了船，跟错了队，以致惹来诛族灭亲的大祸。他就在这夹缝里年复一年地过日子，为了保存自己，审时度势，心思用尽，计谋算尽，所以他劳神又劳心，自知自己的来日不多了。

他的夫人、女儿、儿子以及一些亲属日夜轮番守候在他的床前，问寒问暖，喂食汤药，极尽孝道。

　　有一天晚上，他连咳了几口血后，便断断续续地对他的儿子刘璠说："我可能活不了几天了，有件事情我必须赶快办理。"

　　"是什么事？我替你办吧！"儿子恳求道。

　　"不行！我必须亲笔写奏章，辞掉刺史及大将军等职务，让年轻人接替我。让我亲眼看到他们在我的关心下走上重要位置，为朝廷效力……"

　　"那我扶你起来写吧。"儿子便与女儿等十分艰难地把他扶到椅子上坐下。

　　可是他虚弱得很，拿笔的手颤抖不停，根本不能下笔，同时大汗淋漓，一阵头晕，便倒在了地上。

　　刘弘被抬到了床上，人事不省。

　　没多久，他忽然睁开眼睛，醒了，嘴唇翕动着，想交代什么后事，可是说不出话来了。刘璠附在他的嘴边，想听清老爹最后的嘱咐，可是徒劳了，只见他嘴唇微动，没有声音传出。一家人真是急得六神无主，夫人与女儿忍不住悲伤，放声哭了起来。

　　可是刘璠一个手势，她们便咬紧牙关不哭了，让眼泪往肚里流。

　　不久，刘弘忽然伸出一只手来，用中指在被上缓缓地移动着。

　　刘璠悲伤中一阵惊喜，老爹说不出话来，可能在用手指写字了。他便忙忙俯下身子，睁大眼睛，死死地盯着他那在被子上缓缓移动的手指。

　　刘大将军，真的是在用手指写字。

　　刘璠看明白了，他写的是一个"秘"字。于是他高兴地对老爹说："你放心，儿子明白了。"

　　刘弘似乎听得明白，头一歪，便长久地闭上了疲惫的眼睛，永远地离开了他一生眷恋的世界，七十岁上，他打上了人生的句号。

一个"秘"字，包含的内容十分丰富，刘璠完全理解透了。秘，就是要秘不发丧，封锁消息，让朝野上下一概不知情；秘，就是秘密安葬，不为世人所晓，免得死后还不能安宁，掘坟鞭尸。刘璠多次听到老爹感叹过，就是怕死后还有人挖墓碎尸，落得个冤魂野鬼没有归宿。秘密安葬在何处，刘弘生前没有说，但眼前为保密计，只有就近安葬在作唐城北的黄山头了。刘璠觉得父命不可违，便请来几位心腹将军，积极稳妥地商议。

大家商量的结果，决定采取三个步骤，密不透风地安葬老将军在黄山头，让他安安稳稳地长眠在山里，不受任何侵扰。

第一个步骤便是由刘璠乔装成刘弘模样，趁暮色降临之时，前呼后拥，扬言老将军去荆州城受朝廷封赏，皇上派来的人已到了荆州。这一着真灵，原来一些士兵听说老将军病了，今日一见他仍然骑在高头大马上，扬鞭策马，威风凛凛，于是生病的传闻一下就消失得无影无踪了。哪知道刘璠一行人去得不远又悄悄返回了。

第二个步骤是深挖战壕，说叛军要打过来了，要在黄山头南边山麓修二百多米长的战壕作掩体，深度、宽度都有严格的要求（可以毫不费力地把棺材放下），并且士兵半天一换班，这件事情也很快就办成了。

最令刘璠头痛的是第三个步骤，把刘弘葬在墓室。刘璠特选了二十名老将军生前从安徽老家带来的心腹士兵，他们不亲即邻，且随老将军征战多年，感情浓厚，是信得过的。刘璠把他们召到军帐里，严肃地对他们说：

"老将军平日待你们不薄，现在老将军归天了，墓穴也挖好

13

了。今晚趁黑由你们把老将军放进去，不许走漏半点风声。"刘璠说着扫视了他们一眼，众人吓得大气也不敢出了，"你们放心，我们都是乡邻乡亲，我不会杀人灭口的。我已准备了船只，你们完成任务后立即上船，谁也不准对外说老将军死了，葬在什么地方，你们揣着丰厚的赏金回家享清福去，一辈子过优裕的日子……"

老兵们一个个规规矩矩，照刘璠的吩咐行事。

于是刘璠带着这班人迅速地下葬了老父，连他生前用的心爱的东西，都一并下葬，显得是那样仓促而急忙。接着把两百多米长的沟道复原如初，并移来草皮、树木。

刘弘辞世秘葬黄山头，且墓地未留一点痕迹，所以该墓经历了一千六百八十五年风雨沧桑，仍保存完好。

1991 年 3 月 16 日，黄山头镇政府基建取土时，发现有大量青砖，由文物主管部门组织人员挖掘清理，便发现了保存完好的刘弘墓，经清理共出土文物 78 件，其中列为国家一级文物的珍品就有 16 件，一时轰动了全国，成为当年全国考古十大新闻之一。墓中出土的金乌龟印章、玉樽等价值连城的稀世珍宝，曾在 2008 年奥运会期间在北京展出。

囊萤夜读话车胤

张明星

东晋时代，作唐县有一个车姓聚居的村落叫车家铺（今安乡县安障乡新剅口村）。这里土地肥沃，岗丘起伏，一条小溪由北向南流经整个村子。小溪边有一户姓车的人家，守着祖上留下来的几亩田土，过着清淡的日子。

这家户主名叫车育，以耕读为本。他的儿子车胤五岁的时候就开始一边学认字，一边读《诗经》、《诸子散文》。起初，他把其中的许多文章背诵得烂熟却并不理解其讲的意思。一天，便问父亲："荀况的《劝学》讲的是什么？"父亲亲切地说："小孩子只管背诵就是了，再长大一点，你就会明白的。"车胤似懂非懂地点点头，可是，过了一段时间，他还是憋不住，又跑去问父亲《劝学》到底是讲的什么，父亲看了他几眼，只好简单地告诉他说："《劝学》是讲少年要发奋读书，将来才能成为有用的人才。"车胤听了以后说："我一定刻苦用功。"车育抚摸着车胤的头，会心地笑了。可是，车家收入微薄，常常缺钱买灯油，少年车胤因缺照明不能夜夜读书而苦恼。

一个没有星光的夏夜，车胤从小溪边牵着牛儿到了禾场，一边点燃柴草给牛儿薰蚊子，一边望着忽明忽暗的柴草出神。忽地，两只萤火虫一前一后飞到了禾场上，他赶忙跑过去，用手一

15

捧一个，然后两手合拢，透过手指的缝隙，仔细玩赏起来。

"唉！如果是一盏灯那该多好呀！"车胤自言自语地说道。玩着，玩着，车胤从手指缝儿里，借着一闪一闪的萤光，发现自己手上的纹路看得清清楚楚。猛然间，车胤有了一个奇想，他一路小跑进屋，从母亲的针线包内找出一块白纱绢，做成一个纱囊，将两只萤火虫放进囊内，拿书本一照，书上的字若隐若现。他想如果我多捉几只呢？顷刻，他带着纱囊钻进瓜棚里、草丛间、禾场上，小心翼翼地捉了几十只萤火虫，一一放进白纱囊中，于是，白纱囊变成了一个明亮的灯笼。他欣喜地回到屋里，用绳子把它吊在书桌前，摊开书本一瞅，得意地失声叫道："好哇！我可以借萤火虫的亮光读书了！"

第二天一早，车胤醒来发现所有的萤火虫都死掉了，怎么办呢？如果每天都死，我到哪儿去寻萤火虫呢？车胤便留心观察萤火虫的生活习性。通过几天的观察，他终于发现原来萤火虫是从新鲜牛粪中吸取营养，再到树上吸取露水生存的。于是每天车胤便在禾场的周围堆放一些新鲜牛粪，读完书后将萤火虫拿到禾场上放生。第二天便能轻松地捉到几十只。

自此，车家铺这户人家，夜夜传出了清脆的朗读之声。邻居的几个小伙伴一到傍晚便帮车胤捕捉萤火虫，然后一起围到他的窗前，跟着他一起晃着脑袋有节有拍地诵读："坎坎伐檀兮，置之河之干兮……"

弹指间，车胤告别了幼年。几年的时光中，他学完了祖上所有的藏书，借阅了村内村外所有的书籍，成了远近闻名的学子。此时，他的父亲受南平太守王胡之的再三邀请，到王太守手下任主薄。不久，车育决定接儿子到南平郡去拜名师，求大学问。车胤一到南平，太守王胡之就对车育暗示，想见一见传闻中"囊萤夜读"的小伙子。

一天，王太守在官舍的凉亭里消闲，车育便领着车胤上前拜见。

"他就是借萤光夜读的车胤?"王太守手指着气宇轩昂的车胤便问。

车育点头："夏天的晚上，萤火虫就伴着这条蛀书虫呢。"

王太守哈哈一笑："好!今天我这个大蛀书虫就想考你这个小蛀书虫!"

沉吟片刻，王太守眼光盯着车胤："今天就翻翻'古'，咱们附近的荆州古城曾出了一个典故，叫做'大意失荆州'，你可知道它的来历?"

不料，车胤马上来了一个反诘："咱们身边的事儿，哪有不明白的道理?"

"嚯，好大的口气!"王太守乐了，说，"那你就快讲个明白。"

凉亭里一股荷风袭来，令人心旷神怡。不知不觉间，王太守的耳畔便响起了娓娓动听的声音:

"当年，蜀国的关羽率军攻打魏国的樊城时，东吴的吕蒙就暗中设计偷袭关羽镇守的荆州。本来关羽出兵之时，部下曾提醒他要防东吴偷袭后方。可关羽一向傲气十足，满不在乎地说:'我沿江设了烽火台，倘若吴兵来攻，放烟火报警，我会亲自领兵打他个措手不及。'"

"吕蒙为了麻痹关羽，装病辞职，由名气不大的年轻人陆逊代守陆口。陆逊到任后，依计而行，给关羽送去贺信和礼物，信中还说了些恭维话，关羽看了大笑:'用这么个娃娃来领兵，真没见识'。越发不担忧荆州的安全，竟把大部分军队抽去攻打樊城。"

"这时，吕蒙趁机率三万军队偷袭，不费多大功夫便占领了荆州。这就是这个典故的出处。"车胤轻松地说完，侍立一旁。

　　王太守听罢，频频颔首说："答得不错！"接着又连珠炮似的提问："后来蜀国是怎么灭亡的？""东吴又是怎么亡国的？"王太守话音刚落，又骨碌着眼珠子盯着车胤说："你回答这两道题儿只能用几句话讲明白，多了不行！可记住了？"

　　车胤抬头瞅着一本正经的王太守，没有皱一下眉头，便说："这你考不倒我！"

　　"别厌脸，快回答！"车育在一旁教促道。

　　"好，我就用两句话答了吧。"车胤向父亲回应了一声，便庄重地回答道："刘禅宠信宦官黄皓断送了西蜀，孙皓亲小人远贤臣被晋所灭。"

　　王太守一听，竟大声地叫起好来。接着，他亲切地让车胤挨近他坐下来，望着车育说："你儿子小小年纪，便博闻强记，且机敏过人，不亏囊萤夜读之功啊！我料想，他将来定会大有作为！"

　　后来，车胤不负众望，凭着出众的才华和人品，十多岁就进入仕途，从荆州刺史桓温的主簿这样的小文书做起，一步步做到辅国将军、吏部尚书。车胤还因其谈吐风雅，应对自如，妙趣横溢，风靡四座，受到满朝文武的爱戴。朝中每有盛宴，都要请车公（车胤）出席，请车胤给大家讲风趣的笑话和故事，如果没有车胤出席，嘉宾们便会快快不乐。当时，那位因"淝水大战"获胜而功高盖世的谢安，也对车胤倾注了一片仰慕之情，常说："无车公不乐。"

　　一个世纪又一个世纪过去了，车胤"囊萤夜读"的佳话，影响着历代莘莘学子，藉《三字经》"如囊萤，如映雪，家虽贫，学不辍"的传播而惠及子孙，誉满华夏。

沈约与沈田堡

野 山

在黄山头南麓，曾有一座灰墙黛瓦的庄园，方面斗拱，廊曲亭立，气势恢宏。庄园大门上方，悬挂着一块上书"沈田堡"的黑底金字的匾额。这里山清水秀、环境幽静，是一处绝妙的佳境。

听这里的老人说，庄园的主人是南北朝南朝时期的文学家、历史学家、官至尚书令的沈约。

沈约本为吴兴武康（今浙江德清）人，为官也在江左一带，缘何会在当时的作唐（今安乡县）修建庄园呢？原来这里有一段尘封的往事。

沈约，字休文（公元 441—513 年），出身于江东豪门望族。祖父沈林子，南朝宋征虏将军。父亲沈璞，南朝宋淮南太守。沈约家学渊源，又聪明好学，两岁时能背《诗经》，五岁时开始读经史，七岁时便能吟诗作文了。

然而好景不长，沈约十二岁那年，生活发生了剧变。公元453 年二月，太子刘邵率军入宫，杀死宋文帝刘义隆，自立为帝。五月，武陵王刘骏兴兵讨伐，再诛杀刘邵，这就是宋孝武帝。在两次宫廷政变中，沈约的父亲沈璞受到牵连，也不幸被杀，并有诛灭九族的大祸。消息传来，沈约的母亲谢氏急忙带着儿子沈

约，连夜从后门逃出。

母子俩匆匆上路，并没有带多少盘缠。当逃至浙东时，谢氏娘家亦被抄斩。无奈之下，母子俩只好一路乞讨，远涉千里，投奔在朗州（今常德市）为官的沈约的叔叔沈伯玉。为了安全起见，沈伯玉将嫂嫂谢氏和侄儿沈约秘密安置到黄山头南麓的一户农家，并送了一些生活用品和书籍。不久，沈伯玉也受到牵连，罢官入狱。

母子俩彻底失去了依靠，厄运再次降临。坚强的母亲谢氏为了独自抚养沈约，屈尊去给东家当帮佣，端茶倒水，浆衣洗裳；晚上又从东家租些皮棉，回到家里纺成棉纱。虽疲惫不堪，当看到沈约在油灯下刻苦读书的情景，母亲心里又升起一股欣慰，再苦的日子也就不觉得苦了。

为了减轻母亲的负担，沈约主动要求去给东家放牛。当把牛赶到山上吃草后，沈约就坐在山坡上一边放牛，一边读书，其他放牛的小伙伴笑他是个书呆子，沈约也只是一笑了之。

书读完了，没有钱买，沈约就到附近有书的人家去借。当看到这位嗜书如命、彬彬有礼的少年时，大家都愿意把书借给他。

沈约就这么日积月累，在黄山头隐居之地读了大量书籍，这为他日后成为齐、梁诗坛领袖奠定了坚实的基础。

几年后，适逢皇帝大赦，沈约和母亲才得以返回家乡。凭着自己的才学和士族身份，沈约入仕宋、齐、梁三朝，位极人臣，但他始终没有忘记他和母亲避乱黄山头的艰苦岁月，于是他就差人在黄山头南麓修建了一座庄园，名曰"沈田堡"。

阴铿觞酒换命

全 峻

安乡历史上出过一位姓阴的名人，叫阴铿，其家族是安乡的官宦大户，现在姓阴的人大都与这个家族有关。

阴铿是梁朝左卫将军阴子春的儿子，从小就非常的聪明懂事。由于出生官宦世家，他常常混迹于上流社会，加上家境优越，很小就学会了读书写字。在他五岁的时候，一天就能背诵上千句的诗词歌赋，震惊朝野。在他青少年时期，他了解学习了许多的历史文化，尤其是非常擅长写五言律诗，引起了上流社会的高度关注，名声大振。

鉴于阴铿的名气，梁湘东王聘任青年阴铿为法曹参军。阴铿离开作唐（即今安乡），乘船到荆州上任。一路上，诗兴大发，写出了千古名作《渡青草湖》：

洞庭春溜满，平湖锦帆张。

沅水桃花色，湘流杜若香。

穴去茅山近，江连巫峡长。

带天澄迥碧，映日动浮光。

行舟逗远树，度鸟息危樯。

滔滔不可测，一苇讵能航？

到达荆州后，阴铿直接去拜会湘东王。湘东王早就听闻过阴

铿的才名，当即向阴铿索要新作。阴铿将路上的即兴之作《渡青草湖》书写给王府众人观看，一时赞声不绝。湘东王大喜，当即安排酒席给阴铿接风洗尘。

早春的夜晚，寒气袭人，阴铿和众官员在火炉旁开怀畅饮，其乐融融，寒意一扫而光。当一个倒酒的侍者给阴铿倒满酒后，转身离开时，被阴铿叫住。众人顿时安静下来，一时鸦雀无声。都以为是那侍者得罪了阴铿，看阴铿怎么处理。众人心想：阴铿参军正得湘东王的喜爱，这侍者得罪了他，肯定凶多吉少。

只见阴铿站起身，在桌上拿了一个空觞（古时的酒具）放在面前，又从侍者手中接过装酒的爵（古时盛酒的器具），满满地倒了一觞酒递给侍者，然后双手捧起自己的觞，对侍者说："辛苦你了，我敬你酒。"随后一饮而尽。侍者眼含泪花，战战兢兢地连称不敢，慌乱地将酒喝完。随即又给阴铿倒上一觞酒，退到了一旁。

众人一阵惊讶后哄堂大笑，纷纷指责阴铿不懂礼仪，这等地位低下的侍者，哪有资格和我们上流社会对等饮酒。阴铿严肃地说："仁者爱人，民贵君轻，这才是真正的礼仪！我等终日畅饮，而执爵者不知其味，这不是人之常情。"众人一阵沉默，不欢而散。

后来，梁朝的大将军、河南王、都督河南北诸军事、大行台侯景起兵造反，江南大乱。阴铿跟随时任左卫将军的父亲阴子春出征讨贼。双方大战于湖北贝矶。不料贼势浩大，官军大败，阴子春、阴铿父子力尽被擒。侯景先将阴子春斩首，正要杀害阴铿时，有人劝阻道：此子文武双全，乃当今才俊，诗名满天下，杀之可惜。侯景思虑再三，令人将阴铿押回大牢，派人劝降。不料在押送阴铿去大牢的途中，忽然从路边死人堆里跃起一人，挥刀酣战，奋力杀死了看守阴铿的一名贼将和几个贼兵，抱着阴铿跨上贼将的战马，冲杀出营，沿途遇贼便杀，勇不可挡。

阴铿回过神来，才透过对方满脸的血迹，认出救他的人竟然就是那次夜饮时他敬酒的侍者！

从此，阴铿的身边就多了一位忠心耿耿、生死相依的朋友，在他的官场生涯中，这名在史书上默默无闻的朋友几次在紧急关头出现，让他幸免于难。这个阴铿觞酒换命的故事，也就一直流传到了今天。

柳宗元夜访段弘古

刘志文整理

柳宗元被贬，去永州任司马。在去永州的途中，有一天，船行到黄山头南麓的湖边，突然风雨交加，船无法行走，船夫只好把船停靠在山脚下的避风湾里，这时，天也黑了。

吃过晚饭后，天黑得不见人影，风雨又没有停，坐在船舱里实在无味，柳宗元只好点燃小油灯，在灯下看书。不知不觉到了半夜时分。这时，风停了，雨也住了，柳宗元走出船舱，准备舒展一下身子以后就去睡觉。他站在船上，听到山涧溪水淙淙，顿时，那受贬的苦闷心里像飞走了几片愁云。于是走上岸去，在山边散步，观赏黄山头的夜景。忽然，他发现半山腰里有一点微弱的灯光。山中，半夜还有灯火？柳宗元惊奇地仔细观察。嗬，还有读书声？柳宗元想，雨过半夜时，山中读书声，不是失意者，便是有志人。他回到船上，告诉船夫，说要上山去寻找那个读书人。船夫劝他天亮以后再去不迟，柳宗元却迫不及待地离开了小船。

雨后，大地一片朦胧的夜色，山边却隐隐约约还能看出路的影子。柳宗元摸着路，向着那微弱的灯光走去。灯光渐渐近了。柳宗元一看，原来这里是一座寺院，寺院正在修缮，到处堆放着砖头、木条。他摸到窗前，轻轻地敲窗。室内没有动静，他又轻轻地敲了几下。这时，室内读书人听到了敲窗的声音，便问："午夜时分，何人敲窗？"柳宗元说："先生求学精神感人至深，特来拜见。"室内人听他说话，知道不是一般来人，那声音却又很陌生，便起身去开了门。

两人走进室内，相互打量了一番，却互不认识。柳宗元便自我介绍说："我是山西河东人氏，柳宗元。"读书人听到"柳宗元"这个名字，真是又惊又喜。他平日就读过这位大文豪的文章，又听说他参加了以王叔文为首的政治革新集团，任了礼部员外郎。这时，他情不可抑地问："大人，为何这时来到寒室？"柳宗元微微一笑。对方觉得自己失了礼节，忙自我介绍说："我是本地人氏，段弘古。"柳宗元一听，也惊喜得情不自禁："你就是段弘古秀才！"

原来，柳宗元在朝时，与刘禹锡交好。刘禹锡是段弘古的好友。在柳宗元被贬永州前，刘禹锡曾向他介绍过段弘古的为人。段弘古学识渊博，是有名望的一位秀才，他具有法家的思想观点，而且为人刚直不阿；他不满当朝的政事和人事关系，就隐居在家，不入仕途。柳宗元和段弘古相互都有所了解，但从未见过面，他们根本没有想到，在这午夜时分两人竟然在黄山头的南禅寺相遇了。

他们就像久别重逢的亲人相会在一起了，无话不说。柳宗元把参加政治革新和革新失败以及自己受贬的情况，一一地说给段弘古听了，并且说："我这次贬到永州去当司马，我也要执行我的主张。"接着，恳切地说："今天，我有幸在这里结识你这位志士，希望你能与我一同去永州，助我一臂之力。"

段弘古虽然不满当时的仕途，但是，对政治革新怀有强烈的愿望。他为自己能结识这样的革新人物感到荣幸。他激动地向柳

宗元表示:"大人有意,我岂敢推辞?愿效犬马之劳!"

"好,好啊!"柳宗元感激地握住他的手。

两人谈得情投意合,不觉已到天明时分。

柳宗元被段弘古挽留歇息了几天。白天,两人驾着小舟在湖边捞鱼自乐,登上山顶观赏江湖景色;晚上,同在小油灯下看书习文、倾心谈吐。到了起程的那天,寺内住持找着段弘古说:"柳大人是当朝一品文人,众生有意求他书写'南禅寺',待寺院修缮后,再制成匾额悬挂在寺院门上方。"段弘古听了也很同意,忙转告柳宗元。柳宗元听段弘古说了众生的要求后,饶有风趣地对他说:"我在南禅寺请走了一位贤士,怎能不留下几个丑字……"说罢,挥笔书写了"南禅寺"三个大字后,两人便起程了。

寺院修缮完毕后,柳宗元书写的"南禅寺"托制成了一块匾额,悬挂在寺院大门的门楣上。历代南禅寺维修扩建,那块匾额都悬挂在门楣上,直至解放初期。

话说段弘古随柳宗元到永州以后,做了幕僚。后来,段弘古奉命去邕州,在路过桂林时,遇当地守旧知州,拒不为礼,他愤怒之下发了病,不肯医治,死在桂林。柳宗元听说后,将他的尸体运到了永州,怀着深切的感情为他写了《祭段弘古文》和《段弘古墓志铭》,并派人将段弘古的灵柩"归葬澧州安乡黄山南麓"。

范仲淹读书兴国观

李世俊

公元 993 年仲秋。

一只官船飘过洞庭，在滨湖古县——安乡县城北接官亭边停了下来，从船舱里走出了新任县令朱文翰，他就是范仲淹的继父。随后，仲淹的母亲谢氏夫人，手牵着 4 岁的仲淹登上岸来。接着，岸边一行小轿把县太爷抬进了一排排吊脚楼的街上。

时隔两年，县衙内的一间厢房，县令朱文翰一边手摇蒲扇，一边向一旁侍立的仲淹母亲谢氏道："县城北边的鹳港，有座兴国观，三面环水，绿树成荫，环境幽静，是个读书的好地方，我打算把仲淹安排到那儿去攻读，你看如何？"

谢氏道："好是好，只是离我们远了一点。"

"他人小志气大，吃点苦不要紧的。"朱文翰说罢，仲淹去兴国观发蒙读书的事就定了下来。

少年范仲淹，长着一副国字脸，杏仁眼，配上长长的雁翅眉，稚气之中显得英俊可爱。有一天早晨，他跟着一名叫七儿的道童，爬上了鹳港边的土台子，瞧着岸边的芦苇，打鱼的小船，忽然大声地喊道"太美啦！"

随着喊声，芦苇丛中箭一般朝天空"射"出一只鸟。仲淹思想没有准备，把他吓了一跳。待他朝天空一看，却什么也未见，

正在惋惜之际，兴国观外隐约传来"呵嗬"、"呵嗬"的田歌之声，歌声里还挟着鼓声。范仲淹马上邀了七儿，坐了小船，向东越过一丛丛芦苇，爬上岸来一瞧，田间竟是这样一番景象：新媳妇、小姑姑，还有老阿婆都下到田间了！只见她们头裹白帕，腰束青裙，灵巧的手儿插起秧来如织布一样快。田埂上，擂鼓的汉子挥动着鼓槌。

范仲淹不解地问道："这些妇道人家，怎么不在家织布，都跑下田来？"

七儿解释说："这叫抢季节，季节抢不到手，稻谷就要欠收，农民就吃不上饭啦！"

"哦、哦！我懂了。"范仲淹连忙点头，似有所悟。

田歌声起："哥种田来妹种瓜，哥煮饭来妹煨茶，清早起来对面讲啰，世上难找这一家哟，呵嗬——"。

时间过得很快，不知不觉就到了滴水成冰的季节，屋檐上吊起了一串串冰疙瘩。夜半，范仲淹还在苦读，灯火中映出他一副苍白而又专注的脸色。

书童早睡了，他的启蒙老师司马老道士，亲切地送上一杯热茶，一边怜爱地说："你小小年纪，怎么就晓得这么用功读书呢？"

范仲淹谢过老道，说"这也叫'赶季节呵'，少年不努力，老大徒伤悲呀！"

"哈哈——对！对！"司马老道士拍手称赞了一番。稍后，他关心地劝范仲淹还是早点睡觉，不要把身体累坏了。

第二天，天刚麻麻亮，范仲淹一个鹞子翻身立起来，睡眼惺忪地来到厨房，到小柜里打了两合（一升的五分之一）粟米煮粥。

室外，纷纷扬扬飘起雪花，窗台上大碗装着的粟米粥凝集起来，范仲淹拿刀划为四块后，取了二块，放了几根腌菜，就呼呼呼地吃了起来。这种超常的刻苦，是他长期在兴国观寄宿养成的习惯。

一个休息日，有个名叫邹宗汉的学友推门而入，见仲淹端着碗，喝一点温粥充饥，便埋怨道："你就天天喝稀粥过日子？"

范仲淹平静地回答："读书就要刻苦，只要不饿肚子就行。"

晚上，邹宗汉回到家里，吃饭时对父亲说："爹，我有一位叫范仲淹的学友，他天天喝稀粥，日夜苦读，真少见啦！"

宗汉的父亲是当地的乡绅，听罢，就吩咐儿子："宗汉，你要经常送点好吃的东西给范仲淹，叫他别把身体累垮了。"

不久，范仲淹书房的窗台上，摆上了一盘大饼，还有一碟枣糕。

隔了几天，邹宗汉到兴国观书舍探望，看到范仲淹在晨风中练剑，便径直走进仲淹舍下察看，瞄了瞄窗台，走拢一看，见他送的吃食纹丝未动，又用鼻子嗅了嗅，一股霉气直冲脑门。顿时，他气冲冲来到范仲淹面前质问："怎么了，有好吃的食物摆着不吃，还是喝粥呢？难道你怀疑我父亲的用心吗？"

范仲淹慌忙答谢："宗汉学友，不是我不领令尊的厚意，只因我喝粥养成习惯了，再说，如果我经常吃你送来的美食，不再喝粥，恐怕会养成贪吃的毛病，将来吃不得苦哇，这样，追求上进的志向就会懈怠下去。"

邹宗汉嗔怪地阻止道："好好好，就你有道理，我再不送了！"片刻，他又转怒为喜地说："看来，你的读书生活，还真有点像孔夫子的贤徒颜回那样，一碗饭，一瓢水，在陋巷，别人叫苦连天，颜回却不改其乐。眼下，你也是一样。嗯，我不明白的

是你的身体怎么没有拖垮?"

"你看!"范仲淹一边回答,一边又举剑飞舞起来。

"慢!慢!"邹宗汉又直追问:"你又不考武举,干吗天天读兵书呀,舞剑呀?"

范仲淹抬头微笑,沉思片刻后告诉这位学友:"我们长大了要想治国安邦,文韬武略都要学哇!"

邹宗汉听了,竖起大拇指称赞道:"好,我明天就跟你一起学舞剑!"

民间谚语讲得好:儿时的学习,石上的雕刻。几十年后,范仲淹这位先忧后乐,胸怀天下的中华人杰,身居北宋的副宰相时,生活仍很朴素,日食荤素不过两样,衣物不用罗绮,不办家产宅第,甚至死后入棺,连件新衣服也找不出来。

范仲淹重修兴国观

李章甫

安乡县城北鹳港边上建有兴国观。公元 993 年秋天，4 岁的范仲淹随母亲谢氏乘坐继父朱文翰赴任安乡县令的官船来到安乡县城。谢氏在家相夫教子。两年后，朱文翰觉得家庭教育已不能满足范仲淹的学习渴求，995 年，送范仲淹拜兴国观司马老道士为师，从此结下了深厚的情谊。范仲淹在安乡度过的六年美好时光，也为他尔后不凡的人生奠定了基础。北归前，他向司马老道士告别，相拥而泣，依依话别，情同爷孙。

那年，一场大火把兴国观烧为灰烬。这时司马老道士早已仙逝，接任的明月道长，望着残垣断壁，欲哭无泪。伤悲无益，决心与信徒们，四处募捐，再建兴国观。这时有人提议：重修兴国观，要筹资白银万两，谈何容易。不若去找范仲淹，他如今，官至参知政事（副宰相），位尊势大，进出银两不计其数，何况修道观也是公益事业，只要他开口，还愁没有银子？

明月想，范仲淹一生清廉，不徇私情，找他捐资恐怕是南柯一梦，不过，就当访访故旧，试试何妨？急匆匆，向京城赶来。

范仲淹得知故人来访，分外高兴，办完公事，就赶回相府，见明月毕恭毕敬的模样，不禁笑出声来，乐呵呵地说："都是老朋友，何必如此拘谨？有话坐下说。"范仲淹自然问这问那，还要明月多住些日子。明月却不敢把兴国观失火的大事说出来。

范仲淹很忙，没有时间陪伴明月，明月就在相府中闲逛。相府院落古老，门柱朱漆剥落，却也林木繁茂，整洁清幽。范仲淹每次下朝归来，总先脱下官服，露出他的粗布衣衫，一切家具都陈旧不堪，只有那墙上"先天下之忧而忧，后天下之乐而乐"的大字是那样苍劲有力，颇显相者气势。满怀心事的明月，无心领略京城的风景，还是瞒不住，把愁苦显露。经范仲淹再三追问，他才将真情说出。

　　范仲淹沉思片刻，缓缓道："修兴国观，我理当出力，但我的俸禄没有节余，也无产业可卖，我经手的银两虽多，但那是朝廷的，一分钱都不能动啊！""我知道您有您的难处。"明月绝望地应答道。

　　这时，范仲淹似乎想起了什么，忙问明月："你还记得我在兴国观读书放课桌的地方吗？""记得，不就在后院东厢房吗？""是的，那里就有你们要的钱啦！""怎么会呢？""你回去挖就是的。"

　　明月听后半信半疑，道长哪来这么多钱，又怎么会将这秘密告之范仲淹呢？他怀着狐疑的心态回到兴国观，派人在范仲淹读书的房址上挖出了一个金窖，足有三万两白银，一座雄伟的兴国观又在原址上耸立起来。

　　后来人们才知道，范仲淹在兴国观长年累月伏案读书，那书桌腿在地上压出了深深的脚印。那天，他靠桌吟诵心爱的诗文，正在得意处，突然，课桌倾斜，连忙察看时，只见一只桌腿已插入地洞中。他拔出桌腿，发现了一个藏金的地窖，惊讶过后，就用泥土填平地窖，又专心致志读他的书去了。

　　历史的巧遇化解了范仲淹的尴尬，也演绎了一代伟人的传奇故事。

谢公墓的来历

刘志文整理

　　黄山头大顶上有谢公墓；大顶的忠济庙内供有"谢公真人"的雕像；南麓有一口白龙井，井里有一条修行的白龙，据说白龙是谢公的外甥。游览黄山头的人，无不观看这三个景点，聆听娓娓动听的神奇传说——

　　谢公名谢麟，福建瓯宁人（今福建建瓯市），北宋进士。他调任荆州刺史后，见荆州一带连年水灾，百姓生活不得安定，生产不能发展，遂决心大兴水利，带领民众修堤筑坝，根治水患。有一天，他带着人马来到黄山头，登上大顶，望着四周没有治理好的水系说："不根治这一带的水患，我死了都要葬在这山顶上，看着你们继续修堤治河，为百姓造福。"为了治理水患，他曾七渡汉水，八下洞庭，终因劳累成疾殉职于荆州。

　　谢麟病故，荆州百姓听了十分悲痛，在安葬之事上，要求把他葬在荆州一带；他的部下说，谢公生前意愿，水患不根治，他死了就葬在黄山头顶上；谢公的亲人却要将他的灵柩运回福建老家。当然，都只好听从他亲人的安排。于是，租了一只船，派专人护送谢公的灵柩。

　　那天，运送谢公灵柩的船只到了黄山头湖滨。本来是大好的晴天，突然乌云陡起，风雨雷电交加，船无法行走。护送灵柩的

人只好把船停靠在山脚下，去岸上躲雨。一阵雷雨过后，风平浪静，又是大好的晴天。护柩的人都上船去，准备继续行船。不料，上船一看，谢公的灵柩不见了。在场的人都很惊讶：灵柩到哪儿去了呢？他们水里捞，岸上寻，都没有找到灵柩。正在这时，有人报告说，在黄山头大顶上发现了一具棺材竖立地葬在山顶的岩石中，还有一截露在岩石外面。护柩的人跑去一看，果真是谢公的灵柩。

谢公的灵柩怎么会葬到那两百多米高的山顶上去的呢？传说谢公在生时，他的姐姐怀了一个怪胎，十二个月后生了两条龙：一条是青龙，一条是白龙。谢公的姐夫见是妖孽，挥刀杀了青龙。正要杀白龙的时候，谢公去了。他的姐夫把情况告诉了他。谢公听了很惊奇，转念一想：天生的东西必有它的用处，将它杀了又有何用？于是要求姐夫留下白龙，让他带走。谢公保全了白龙的性命，并对白龙说："南有洞庭湖，洞庭湖北面有座黄山头，你就到那山清水秀的地方去修成正果。"说后，就把白龙放了。白龙到了黄山头南麓，就在冲凤峪旁边的一口井里修行。此时黄山头有一只凤凰也在修行。自这座山在洞庭湖边落脚以后，凤凰觉得孤山伴水，时刻都想飞走，日子一天一天的过去，黄山头慢慢地长高，凤凰即想冲上天去。白龙到这里以后，发现了凤凰的动态，它想，舅舅在荆州一带为民治水，费尽心机，一旦凤凰冲走，山崩地裂，江河泛滥，就会毁坏舅舅的事业，伤他的心。因此，白龙卧在井里，时刻注意凤凰的动向，与它拼斗着。

谢公死了，噩耗传来，白龙悲痛万分，它前去吊孝，守护舅舅的灵柩。谢公的亲族要把他运回福建去安葬，白龙觉得太远，不便时时照看，同时想起舅舅在黄山头大顶上说的一番话，它认为只有把舅舅葬在黄山头大顶以障住凤凰的一只眼睛，才能永远镇住黄山头，有利于实现舅舅治水安民的夙愿。所以，谢公的灵柩运到黄山头脚下时，白龙便显出它的本领，将谢公的灵柩卷到大顶上，障住了凤凰的一只眼睛。从此，凤凰蛰伏，黄山头安宁，老百姓过着幸福安康的日子。

　　注：谢公真人，亦说谢晦。陈郡阳夏（今河南太康）人，南朝宋大臣。曾任右卫将军、侍中、中领军、荆州刺史，封武昌（县）公。

打鼓台上的英雄对垒

韩 霆

安乡县安昌乡（今三岔河镇）境内，有一个数千亩的大湖，叫大兴湖。宋时，大兴湖是洞庭湖的一部分。大兴湖中间有一个数万平方米的高台，当地人叫它柴山。柴山上长满了芦苇、杂草和荆棘。就在这个柴山上，曾发生过一场英雄相惜，而又真刀真枪的殊死搏斗。

那是在南宋初年，鼎州人钟相、龙阳人杨幺，因不满统治者消极抗金、横征暴敛，地方官员贪赃枉法、欺压百姓而在洞庭湖地区揭竿起义。一时间，义军破州县、焚官府、杀贪官，声势达鼎、澧、潭、辰、岳等 5 州 19 县。

绍兴五年春，宋高宗赵构急调岳飞前往洞庭湖地区，镇压起义军。杨幺主力义军就驻扎在大兴湖的柴山上，严阵以待。

是年夏的一天，岳飞大军与杨幺义军对垒于大兴湖，双方调兵遣将，排兵布阵，只见战船列布、旌旗飘飘、万马嘶鸣，一场大战，一触即发。

这时，岳飞与杨幺身着戎装，跨着战马，一个手持长枪，一个斜背双刀，在众将的簇拥下，威风凛凛，立于阵前。

寂静的空气在急速膨胀。岳飞首先打破沉寂，左手持枪，右手抱拳，跃马上前施礼道："杨首领，今社稷蒙难，金兵北犯，

36

你我应一道合力抗金，上可安邦定国，下可造福黎民，你为何起兵造反？"

杨幺正色道："岳元帅，你好生糊涂！朝廷贪生怕死，一味南逃。如今偏安一隅，歌舞升平。这样的朝廷要它何用？地方贪官污吏更是巧取豪夺，鱼肉百姓，岂有不反之理？"

双方争执不下，谁也说服不了谁。岳飞想起皇命在身，惋惜之余，只好挺起锃亮的长枪，用力把马肚一夹，向杨幺刺去。好个杨幺也不甘示弱，双手从背后抽出雪亮的双刀，跃马向前迎击。顿时刀光枪影，尘土飞扬，鼓声大作，呐喊助威之声响彻云霄。

岳飞使出看家本领——岳家枪。只见他以"拦"、"扎"、"点"、"挑"、"穿"、"拨"、"刺"等动作，把一杆岳家枪舞得滴水不漏；杨幺的双刀也是得到师傅的真传，上下翻飞，左砍右刺。好一个枪来刀挡，刀来枪挑，看得双方的将士眼花缭乱，分不清东西，辨不明南北。

更有甚者，两边的鼓手拼命为自己的主帅助威。鼓槌断了用拳头击，鼓面穿了用刀代替。整个柴山被鼓声、呐喊声和刀枪碰击声所覆盖。

这真是一场英雄对英雄、豪杰对豪杰的搏斗。斗了三百回合，双方还是不分胜负，直杀到天黑时分，才各自鸣金收兵。那块柴山几乎被夷为平地。后来，人们就把那块柴山叫打鼓台，以此纪念那场惊心动魄的英雄对垒。

白马庙的来历

孙万志

安乡县安猷乡白马庙村（今深柳镇官保社区），据说原名叫北河口，因村子地处一小河北段出口而得名。为什么改名白马庙？这和历史上两位英雄人物有着莫大的关系。

话说南宋绍兴五年（公元1135年）二月，宋高宗在六次用兵围剿洞庭湖杨幺起义失败后，第七次又集结各路兵马六万余人，并不惜调回抗金前线的岳家军，再次陈兵湖湘，全力以赴镇压义军起义。

安乡当时是杨幺义军重要根据地，也是两军对垒发生激烈战斗的主战场之一。义军自北而南在虎渡河、大成寺（今大兴湖）、梳头岗、龙家坡（今长岭洲）、下渔口、白蚌口等地层层布防。岳家军自东向西从华容（当时无南县）连克大郎城寨，景港水寨（今属南县）和大成寺等三处重要防线，就在岳家军势如破竹挟胜利之威想一鼓作气攻破义军布防的梳头岗阵地时，恰好杨幺从羌口水寨赶到。驻岗义军一看自己的援军到来，士气大振，遂作殊死抵抗，人人奋勇争先，置生死度外，硬是把岳飞的前锋部队阻挡在这里，几次冲锋也未突破。后杨幺看到岳家军的队伍陆续赶来，兵马越集越多，再继续缠斗下去会有全军覆灭的危险，于是在天黑后，趁着夜色指挥义军迅速撤出了战斗。

当岳家军整顿好兵马再次杀上梳头岗后，才发现岗寨早空无一人，消息传到后面，岳飞也感奇怪，骑着他那匹高大的白马奔赴到阵地前沿察看详情。一面派出探马追查义军逃跑的路线，一面又派另一信使前往胡矜城联系。当时梳头岗距子龙庵旁胡矜城不足五公里，岳飞打算把部队开往胡矜城稍事休整一下。不一会，探马来报说杨幺残余贼寇已向西北方向逃窜，岳飞估计是汇合永太垸水寨的义军去了。于是一声令下，大队人马便径直向胡矜城赶来。走至北河口时，一条自北向南的小河挡住了去路，此时天色完全暗了下来，岳飞正准备下马察看地形，猛听一声炮响，四周的箭矢如飞蝗一样扑来，且伴随着战鼓声和呐喊声，刹那间杀声震天。幸亏岳飞的部下牛皋赶到救护及时，撤退回大成寺后才算转危为安。只可惜跟随岳飞沙场征战多年的神驹白马被射死在北河口。经此一役，迫使身经百战的岳飞不得不重新考量和杨幺义军的作战方略。

岳飞深知，在这河网湖密的地带，义军占尽地利人和，与官军可以相持久战。而岳家军北方人多不习水战，水土不服易生病。要想速战速决，光靠军事镇压恐难以短时间达到预期效果。于是信书宋高宗，采用招抚诱降、经济破坏和军事围剿三结合的策略，达到分化瓦解各个击破、让义军不攻自乱的目的。后义军由于叛徒杨钦、黄诚等人的投降出卖，杨幺战死，轰轰烈烈的起义斗争终以失败告终。

几年之后，葬有岳飞白马的北河口发生了一件诡异的事。一天夜里，鼎州有一商贾去岳州赶夜路途经此地，正好遇上几个土匪拦路打劫，当时四野苍苍，空无人家，可谓呼天不应叫地不灵，商人吓得哆哆嗦嗦，惊恐万分。正在危急时刻，突然从空旷的原野传来刺耳的马嘶声，紧接着，一匹高大的白马犹如天降神

驹，杀气腾腾奔跑而来，当即把几个劫匪吓得脸色大变，一下子逃散而去。

天亮后，商人寻得当地人，谈到夜里奇遇，方知原委。为感恩神驹白马显灵搭救，遂出铜钱一万，修庙立祠以祀。庙宇取名白马庙，青砖灌斗砌成，屋面小黑瓦覆盖、周围墙壁砖木结构，正殿中央挂高大威武白马画像一幅，前设香案烛台。早年间去庙里朝拜的人络绎不绝，据说香火鼎盛了一百多年。由于时间的推移，白马庙终究不复存在，但遗址尚存。

为了纪念那段历史，后人便将此地更名为白马庙。

岳飞题赠"墨庄堂"

刘志文

南宋建炎、绍兴年间，内乱外患，人们不堪痛苦，武陵人钟相以"等贵贱，均贫富"为口号，在鼎州聚众起义，号称楚王。钟相殁，龙阳人杨幺接过义旗，统帅洞庭湖滨十九县的农民起义军在洞庭湖一带扎寨，安乡为其重要根据地之一。杨幺自称大圣天王，其势威震皇室。朝廷为了镇压杨幺，命令岳飞带领二十万人马到洞庭湖围剿。当时，杨幺率军驻在安乡境内的梳头岗。岳飞的军马扎在刘备岗。一个在东北方向，一个在西南方向。当时，这一带还是洞庭湖的边沿地区，湖水渺渺，岗峦突起，两地四水环绕，相距近十里。岳飞的军队不善水战，初到这里与杨幺打了几仗，每次都以战败告终，岳飞的坐骑白马也被杨幺射死了，埋在刘备岗上。

岳飞战不胜杨幺，但为了报效朝廷，求胜心切，可是，眼看不能制胜，怎么办呢？他忧心忡忡，思前想后，决定到民间去听取意见，获得良策。

刘备岗南面住一户姓刘的人家，岳飞每次查看军营后，从这里路过，即使深更半夜，都见屋里亮着一盏灯。这天晚上，岳飞查过营房，决定去他家探访。时值六月，酷暑炎炎，岳飞以口渴为名，敬请刘家开门赐茶。开门的是刘家的儿子，一身书生装

束，待人彬彬有礼。岳飞进到屋里，闻到墨汁香味，看到房里摆着书和墨迹未干的大字。他一边喝茶，一边翻书、看字，并问刘书生："现在两军打仗，有的人跑了，你为什么还在屋里安心地读书写字？"刘书生说："我跑到哪里去呢？天下大乱，往北去有金兵，往南去有叛军，我在屋里还安静些。""你在家里不动，就不怕杨幺和岳飞吗？"岳飞接着问他。刘书生说："杨幺出身贫寒，是被迫揭竿而起，他的军队从来不杀无辜的民众；岳飞，我也不怕，他饱读经书，还杀了我吧？前一向，他的白马被杨幺射死了，还把它埋在岗上。他对马都那么好，还杀老百姓？"

书生的话感动着岳飞。他好久缄默不语。待了一会，他转变了话题："你看，岳飞能不能打赢杨幺呢？"这是一个在宋将面前难谈的问题。刘书生老以为他是岳飞帐下的小官，便无禁忌地说："我看呀，岳将军很难战胜杨幺。"岳飞问他"为什么"时，他说了两点：一是岳飞初来乍到，人生地不熟；二是岳飞的军队在水上作战，根本比不上杨幺的军队。岳飞微微点头，觉得说得有理，又问道："那该怎么办呢？"刘书生说："朝廷不该打杨幺，应该招抚为上，然后和杨幺一同抗金。"

岳飞觉得他很有才能，遂请他出山。此时，刘书生一惊，恍然大悟，问道："你莫非就是岳将军？"岳飞一笑，作了自我介绍。刘书生见他就是岳飞，不知所措，一再拒绝他的要求。

岳飞不再劝他出山。两人又谈了一阵后，岳飞就他书桌上的纸墨，挥毫写了"墨庄堂"三个大字，即告辞而去。

这条幅曾代代相传，每年六月初六拿出来晒，过年时就拿出来挂在中堂，可惜后来被虫蛀坏了。

42

雁洲义士

孙万志

　　陈家嘴镇的芦林铺，古属汉寿，原名雁洲。相传鸿雁北归时因照顾一只生病的雁滞留此地，后见其水草丰盛，芦苇成林，气候温暖湿润，便在荒洲上栖息下来。

　　直到北宋末，雁洲来了一位从北方躲避战乱的豪侠义士，姓夏名诚。他带领族人在雁洲落户建宅，取名夏寨。夏寨没有直接进宅院的路，门寨前是一条二百来米宽的河。如要访问主人或主人外出访客，都用小船来回接送，模式颇有点水泊梁山的味道。当地人都笃信宅主一定是隐姓埋名的江湖人物，潜匿此地定居。不过此人确实江湖义气很重，并善使一柄鬼头大刀，好抱打不平，行侠仗义，惩恶扬善，颇受当地人称颂。

　　南宋初，汉寿人杨幺不堪忍受官府苛捐重税盘剥和兵匪的骚扰，继钟相之后高举义旗。提出了"等贵贱，均平富"的起义口号，一时间洞庭湖周边老百姓纷纷响应。夏寨主人敬杨幺是当今盖世英雄，遂率族人及收编的民团二千多人也加入了起义队伍，并与杨幺结拜为兄弟。由于夏诚作战勇敢，又谙熟兵法谋略，在义军中算得上文武将才，被杨幺封为"马帅"，成为他最受信任的左膀右臂。

　　是年六月，夏诚和杨幺指挥义军大败鼎澧镇抚使程昌寓，缴获官军车船及督匠手高宣，为己所用，并为各水寨大造车船。此

车船高两三层楼，每艘可容纳上千人，舱内安装车轮，踏车击水，往来飞快，义军用车船在洞庭湖作战，使征剿的官兵接连失败，被南宋朝廷视为心腹大患。

绍兴三年（公元1133年）宋高宗派王燮为荆南制置使，率神武水师舟船五百艘和步骑6万余众浩浩荡荡前来围剿。此神武水师原是韩世忠的嫡系部队，曾在建炎四年（公元1130年）长江黄天荡大败金兀术，威震天下，号称"南宋第一水师"。其水师统制崔增和副统制吴全被宋高宗封为"御前忠锐第一将"。当时义军在杨幺和夏诚的率领下，也派出了自己最精锐的舟师三百多艘海鳅船和车船在桥口（湘阴西南）一线严阵以待。可狡猾的王燮看到义军战船风帆林立，旌旗招展，为避其锋芒，仅夺得义军君山水寨后便闭门休战，不再前进攻伐。暗地里让崔增分流一半舟师沿长江北上，从公安入澧水，并联合程昌㝢残存的舟船，迂回至西洞庭水域，悄悄驶到义军的背后，趁义军撤退时，准备一起夹击义军。

对于气焰正盛的官军突然停止进攻，夏诚遂觉奇怪，便假扮渔民侦察并捉得俘虏探知王燮的奸计。于是将计就计，由杨幺率一半舟船在此监视，天天派小股船队在水寨前叫骂奚落官兵，挑衅激怒对手出寨迎战。自己则带领剩下的战船，悄悄直奔西洞庭的雁州，隐藏于绵延起伏的芦苇丛中。两日后，探马来报，崔增的舟船果然全部到达西洞庭湖，已在阳武口（今酉港柳林嘴）集结待命。此时杨幺也接到夏诚的密报，经过数天的逼阵叫骂，神武军副统制吴全早按捺不住。主帅王燮看到和崔增约定的日期已到，遂大开寨门，擂响战鼓，挂帆出战。

神武军真不愧为"南宋第一水师"，不但武器装备齐全，其将士作战也勇猛顽强。箭矢如雨，刀矛齐攻，钩索投枪，奋跃敌船厮杀都配合得天衣无缝。杨幺命诸将几次率船应战，都败下阵来，还被官兵击沉十几艘海鳅船。哪知这正是夏诚授以杨幺的妙计，交待他每一战不能拼尽全力，要让敌军不能识破佯装战败。目的是将所有敌船引到伏击的水域来，待杨幺几次三番像模像样和官军又力战了几个回合后，遂鸣金舟船全面撤退。

刚获得一点胜利并在船头看得心花怒放的王燮，一看杨幺船队要逃，即令全军加紧追赶。但杨幺的船队永远都在王燮视线内七八里水域之外，这令王燮一时无可奈何。时值第二天清晨，洞庭湖水面薄雾还未散尽，杨幺战船顺水横流下来。布防阳武口崔增水师探知，喜出望外，争先恐后登上舟船，准备开始截夺义军船只。就在这千钧一发的当口，身后突然传来三声炮响，夏诚率领的大车船一字排开急驶而来，瞬间就把目瞪口呆的崔增水师夹在了中间。杨幺所有战船四周缠绕上粗大的铁链，听到号令，随即战鼓隆隆，惊天动地，两边义军呼声雷动，船头齐出，踏车往来回旋，横冲直撞，将手忙脚乱的崔增水师冲撞得七零八落，人船尽毁，碾没于滚滚波涛水中。等王燮和副统制吴全赶到时，两军早已汇合一起严阵以待。义军挟胜利之威先发制人，趁官军立足未稳发起全面冲锋，用拍竿、木老鸦兼以辘轳投射巨石，用沾满桐油火箭烧官军的帆篷，用鱼叉、弓弩朝密集拥挤的官军射杀。此时官军在义军连番迅猛的冲击下阵脚大乱，被义军分散包围各自为战，再也不能统一协调相互配合，只能单独在一边被义军逐一消灭，或是孤舟负隅顽抗作苟延残喘。这一战，官兵三万多人战死淹死不计其数，崔吴二统制也溺水身亡。主帅王燮为流矢所伤，在程昌寓死命保护下，仓惶逃回鼎州。其舟船损失十之八九，史称阳武口大捷。

军事上的节节胜利，使义区范围日益扩大。杨幺采用夏诚

"兵农相兼，陆耕水战"的政策，发展生产，减免义区赋税钱粮，深受老百姓拥护，其势力遍布东至岳阳，西临慈利，北抵湖北公安，南到长沙边界的广袤区域，人民过上了安居乐业的生活。

绍兴五年（1135 年），岳飞受令平叛义军，引诱杨钦、黄诚等投宋接受改编。采用黄诚之计，伐木塞港，以杂草浮流水面，使义军车船失去战斗力，轰轰烈烈的洞庭湖起义终以失败告终。夏诚为掩护杨幺囚水突围时力战而死，演绎了悲壮的一幕。

杨幺斩"虎"

罗云樵

一天，杨幺离开巡视水军的战船，装扮成贩鱼的老板，带两个亲兵，来至三河分叉的小集镇。集市热闹，临街有酒楼一座，名叫"芸香楼"。

杨幺说，待至酒楼饮上几杯再走。上得酒楼，酒香扑鼻，只见一溜摆着十二张八仙桌，座无空位。酒保连忙上前请至后面雅座，雅座是一阁楼，窗开三面，远处能见黄山头的山影，下临一荷花塘，风送荷香。内有两张桌子，一桌已有四位年过半百的老者，在那里喝闷酒，有时还唉声叹气。杨幺与亲兵坐了另一桌，点了几样菜，买得一坛酒，三人饮了起来。这时只见隔桌有一老人眼泪双流，似有伤心之事，杨幺看见了，便移坐过桌，问及有何忧愁。旁边老者代垂泪者答道："听客官的口音，似龙阳（今汉寿县）地方人？来到敝地有何贵干？"

杨幺一笑："在下做点小生意，特来贵地请教。"

老者继续言道："俺安乡一带历来二虎作乱，人人惊恐。前些年，杨幺的义军一到，剪除了两虎，哪知又飞来一虎，害得百姓好苦啊！"

杨幺听罢，更为关切："此话怎讲？"

老者抹了下胡子往下讲述着："安乡地属澧州团练史王彦舟

管辖，儿子王虎，外号'癞皮虎'，搜括民财，抽丁作款，强抢民女！他老子王彦舟带人马在岳山寺打了一仗，被杨将军杀得片甲不留，还活擒癞皮虎，大快人心！"

老者说到此，又抿了一口酒继续道："汉奸刘豫在荆襄做了金兀术的儿皇帝，他有个儿子刘虎，外号'狗皮虎'，仗着干爷金兀术那张狗皮吓唬人，经常带人来黄山头一带抢劫民财，掳掠女子，向金兀术献功。嘿，也是义军一到，一举活捉了狗皮虎！"

杨幺又接上话题："这两虎既擒，百姓皆安居乐业了呀！"

忽然集上一片吵闹，酒保进阁楼低声向老者耳语："已被抬走了。"原含泪的老者"哇"的一声哭了出来："我那苦命的外孙女啊！"杨幺觉得蹊跷，又听到楼下有呼儿唤女的凄凉之声，便接着请教老者："又有何事？"

老者感慨道："要是杨幺在此，才能有救。"

"'飞来虎'是杨幺的侄儿，不会救啊！"哭者摇头说。

杨幺当即表白："在下杨泗与杨幺一向有交，此事如与杨幺有关，本人也许能出力相帮。"

言讲"二虎"的老者叹了口气，才继续讲："杨泗官人，你不知俺这一带，南怕官兵征敛，北怕金兵作乱，义兵到此才能安宁。咳，谁料想如今这义兵的小头领杨幺，外号叫'飞来虎'的贪好女色，娶了几房压寨夫人，今又看中了田老汉的外孙女丁月娇。这小女早已许配人家，杨头领却要强给聘礼，今天又强行将女子抬走。杨客官，您说令人恨不恨？"

杨幺听罢，钢牙咬得吱吱作响，从嘴内迸出几个字："好个'飞来虎'！"，本来一脸和气的人，立刻变成一脸杀气，这一举动，把几个老者也吓住了。杨幺当即表态："田老汉不要心急，我马上前往兵营，凭着与'飞来虎'叔父的交情，也许能将丁月娇救回。"

　　杨幺要亲兵算了酒账，与老者一拱而别，来到河下上得战船，急赶到杨虎的营寨。营中一片饮酒作乐之声，一通鼓响，报杨幺驾到。杨虎仓促之间，迎出寨门，只见叔父一脸杀气，情知不好，但仍装着正经："不知叔父驾到，未曾远迎！"

　　杨幺理也不理，匆匆进帐后直接质问："杨虎，你知不知罪？"

　　"小侄何罪？"

　　"休妻娶妾，强抢民女，军旅招亲，军法司应按何罪发落？"

　　军法司当即答道："休妻娶妾当斩！强抢民女当斩！军旅招亲当斩！"

　　杨幺怒目圆睁，脱口而出："斩！"

　　杨虎一听，立刻跪下求饶："叔父，您不看僧面看佛面，您三弟兄，只侄儿一根藤，斩了侄儿何人为您三老传宗接代啊！"

　　这时，帐下众将士也深知杨幺兄弟三人仅有此子，杀了，杨家就无后了。于是，大家跪下求情。正在这时，帐外一片吵声，言百姓父老要见杨幺将军，传进几位长者跪禀："听说杨将军要杀侄儿，特来求情。"

　　这时，杨幺望着父老、将士期盼的眼神，已有几分心软，要手下立即送回丁月娇。一时帐下来报：丁月娇性犟，已自尽身亡。杨幺一下火起，一切人情诸免，先斩杨虎，再与父老赔情。

　　咚咚咚！三通鼓响，杨虎人头落地……

　　后来，在三岔河修有杨泗将军庙，每年六月六日——杨幺的生辰，还做"杨泗会"，以纪念这位刚直不阿的农民起义首领。

卷旗花开不杀湖

孙万志

安乡的乡村田野有一种野花，花束聚生顶端，呈倒扫帚状，多红色、紫色，形似鸡冠，故称鸡冠花。而深柳镇长岭洲这一带的老一辈人却不叫鸡冠花，而叫它卷旗花。也因这卷旗花从而引出"卷旗花开不杀湖"的传奇故事。

相传南宋初，安福乡（今大湖口镇）西靠近澧水边有一大湖泊，四周长满杨树，得名杨树潭。此湖泊被恶霸财主霸占，财主家有三十多名打手，每日横行乡里，欺压百姓，强行搜刮民脂民膏。他们逼迫渔民必交当日捕鱼总量的一半作为捕捞费。渔民凡有对抗者，轻则船网皆毁，重则家破人亡，当地百姓是恨之入骨。一天，一杨姓渔民只因捕鱼后私藏了几条，被恶霸发现后竟指使打手将其活活打死了。杨姓儿子杨钦操起鱼叉欲赶去拼命，被一老渔民强拉劝住。说："孩子，你人单势薄，此去无异羊入虎口，白白送掉了性命。听洞庭湖打鱼人说，龙阳（汉寿）有一青年英雄杨幺现屯军岳阳君山，正在四处招兵买马。此人杀富济贫，侠肝义胆，管世间不平事，专替穷苦老百姓出头撑腰。你去找他，兴许能报这血海大仇。"杨钦听得老者劝告，于是挥泪拜别前往。五日后，义军杨幺听得杨钦的哭诉，不禁大怒，当即亲率快船三十艘随同杨钦直奔安乡而来。在一个月黑的夜里，杨幺将带来的人马，以突袭的方式全歼恶霸及其爪牙。随即鸣锣张榜，揭露恶霸罪行，实行开仓放粮，分发浮物，广大民众奔走相告，并纷纷加入义军。从此杨钦积极跟随杨幺，主管安乡的水寨防御，逐渐成为杨幺的左膀右臂，被封为军马太尉。

绍兴五年（公元 1135 年），南宋统治者不惜调回前线抗金的岳家军，再次发起对义军的围剿。足智多谋的岳飞深知义军占尽地利人和，光靠军事镇压恐难以一时达到预期效果，现朝廷遭受外族金兵入侵，正需用人之时，如能采取招抚诱降，分化瓦解收伏，逐一击破的战略，岂不两全其美。于是约束部下，再三严明军纪，禁止滥杀无辜。

是年 6 月，岳飞部下牛皋包围赤沙水寨（今属南县），身在安乡永太垸寨的杨钦接到求救军报，当时未曾细想，一面派探马向别的水寨报信，一面迅速点齐五千步骑星夜向赤沙驰援。谁知此次偏中了岳飞的计谋，原来这是岳飞设计的围点打援。即先用兵马围住水寨佯攻，并故意留下一缺口放求救报信的哨官出去。再把大队人马埋伏在援军必经的路上打他个措手不及。草莽出生的杨钦哪是从小熟读兵书岳元帅的对手。等他心急火燎赶到哑巴渡（今属南县）还未下马，就听得一声炮响，岳家军从两边的芦苇丛中如潮水一般扑将而来。杨钦大惊，赶紧率领部下仓促应战。等他好不容易冲出包围奔回魏家岭清点军马，差不多损失了三分之二。面对后面紧紧逼近的岳家军，杨钦没有过多时间喘息，于是当机立断，带领剩余人马向龙家坡（长岭洲）水寨而去。

岳飞早从俘虏口中得知义军首领是杨幺的军马太尉杨钦，不禁心中大喜。心想如能降服这支义军，不仅拆了杨幺一臂，同时对整个洞庭湖义军也是一大震慑。于是催促人马死死咬住杨钦不

放，双方军队最后在龙家坡对垒，岳飞让兵马团团围住水寨，没有急于进攻。当时龙家坡是三面环水，寨后是高岭土岗，外围被义军用粗大的铁链和大木栅加固，虽说不是铜墙铁壁，官军想要一举拿下也没那么容易。

午饭后，水寨正门摇来一艘小船，船头上站立着一位亮银盔甲，气宇轩昂的中年儒将。临近寨门百米高声喊道："杨将军，我是汤阴岳鹏举（岳飞字鹏举）。你我本是炎黄子孙，同宗同族的华夏儿女，本不该同胞骨肉相残。鹏举知道将军也是明理之人，大丈夫在世，须以江山社稷为重，以天下安危为己任。如今金人大举入侵，杀我同胞，犯我国土，亡我种族，是好汉血性男儿，都应该同仇敌忾，在大是大非面前，在抗拒外侮的战场上去一决高下，不应该兄弟你我在这里兵戎相见。将军雄才大略，还望三思。"岳飞义正词严的喊话，如雷贯耳，令闻者无不动容变色。

一连数天，龙家坡两军仍隔湖相持对垒，没有发生战斗。杨钦心急如焚，坐在大帐里一筹莫展。寨内粮草日渐减少，自己派出的几拨信使也杳无音信，离此不远的渔口水寨，羌口水寨，和自己大本营永太垸水寨的援军迟迟不见踪影。

忽一日，哨官来报，水寨前门有船过来。杨钦上得寨门，待船靠近一看，不禁大惊失色。原来船上过来的这些人是自己的家眷和族亲，他们本来驻扎在永太垸大本营。杨钦知道已发生变故，心情一下子沉重起来。同行中有一渔夫老者，杨钦上前施礼便拜。老者热泪盈眶，连忙扶起杨钦道："孩子，你受苦了。"待众人一一安顿完毕，俩人落坐，老者对两眼布满血丝的杨钦道："岳元帅名满天下，纪律严明，不妄杀无辜，不愧为仁义之师。我们湖区义军，也应深明大义。想当年跟随大圣天王（杨幺）举兵树旗，志在抗暴保家，使家乡的父老乡亲能够安居乐业，图个逍遥自在。将军系三军之首，身后还有几万袍泽兄弟。所以应高瞻远瞩，以大局为重。如今多事之秋，金兵欲举南下，国难当头，将军七尺男儿岂能袖手旁观。大丈夫死则重于泰山，立于当世英雄豪杰之列……"

杨钦豁然开朗，起身拜谢老者指点。疾步走出帐外，列队三军。然后作了一番慷慨陈词大义凛然的演讲，宣布将归顺朝廷，归顺岳家军，并愿率有志之士北上抗金。这些天来，面对岳家军重重包围的义军知道杀出龙家坡希望渺茫，援军又迟迟不见动静，三军将士早已人心浮动。如今听得杨钦一番演说，无不欢呼雷动。于是杨钦命手下降下战旗，设香案对其三叩九拜后埋入地下，大开水寨四门，接受岳飞改编。岳飞遣散了义军老弱伤残和自愿归家的丁壮，接纳了所有有志抗金的义军将士，到最后平定洞庭义军班师时，组成了一支十万多人的新岳家军，此是后话。

只是来年夏天，当年义军埋旗的地方突然开出了许多红色紫色的花，一簇一簇，煞是鲜艳美丽。当地父老乡亲把这花叫做卷旗花，说它形似义军的战旗。岳飞和杨钦两军对垒的湖一直没有发生过战斗，遂叫此湖为"不杀湖"。

熊义山与义山寨

孙万志

　　黄山头狗冢堆旁的义山寨（一说义山城），是安乡历史上一位名叫熊义山的悲壮英雄所遗留下的城寨遗址。

　　话说元朝末年，由于军阀年年征战，人们挣扎在死亡线上，最后终于爆发了规模宏大的红巾军起义。一时间，各地农民军风起云涌，社会处于严重动荡之中。面对四分五裂的统治，朝廷迅速扶持了一些地方势力，授给他们分枢密院印信，组织地方军队配合作战平叛。熊义山就属于安乡地方军的一名小头领。

　　元至正十二年（1352 年），安乡知县张继和应朝廷旨意，组织地方民军。其境内富户罗百万以纹银十两让长工熊义山替独子服役当兵。熊义山不但作战勇敢，有胆有识，而且办事灵活踏实，所以深受张继和赏识，参军不到三个月就被提升为"副把总"一职。

　　当时南方红巾军首领徐寿辉称帝武昌，其手下大将军倪文俊、陈友谅他们在长江中下游控制了安庆、九江、蕲州等战略重镇，并占领湖北大片区域，建立了一个强大的割据政权。由于拥有的兵马多，力量强大，起义将领早已开始骄奢淫逸，过起了腐朽的生活。对于部队在外征伐大肆杀掠也没有一定的约束，完全演变成了乱世社会祸害老百姓的真正匪患，渐渐失去了原本红巾军最初起义的本质。

元至正十三年（1353年）秋，倪文俊率军二十万沿长江兵分三路进击石首、江陵、荆州、公安、澧州、鼎城等地。熊义山为保家乡不至生灵涂炭，当时正带兵戍守安乡北大门，沿虎渡河至黄山头一线布置，总部就设在黄山头义山寨。倪文俊兵多将广，一路势如破竹，在连续攻克了多座城镇后，其一部从公安南下，直下安乡。当军队大摇大摆行至黄山头时，熊义山和埋伏在此多时的民军立刻发出了进攻的信号。刹那间，战鼓齐鸣，两边的伏兵一齐杀出，打得倪文俊的先头部队丢盔弃甲，落荒而逃。这一战不但歼灭了大批红巾军，而且还俘虏了三百多人。逃散回营的残余红巾军让倪文俊大吃一惊，这是他此次征伐中第一次受挫。当他仔细调查了情况后，确定黄山头周边只是一些地方武装，不禁放下心来。用过午饭，倪文俊再次整顿好兵马，分兵十二队杀气腾腾向山上冲来。此时熊义山也带领民军严阵以待，他们从山脚至山腰设立了三道防线。并在各个缓坡和平坦的地方设置垒石鹿柴障碍，让敌兵不能顺利而上。等红巾军逼近阵地时，再飞石短箭，一齐发射。见到前锋军队被箭石所杀颇多，后续军马早吓得心惊胆战，害怕得不敢再往前冲。在后督战的倪文俊大怒，就地处决了几名小头目后，又重新组织更多的人马，排山倒海大波次地向黄山头扑将上来。熊义山一面组织民军节节抵抗，一面让他们有序撤入到义山寨顶。待红巾军努力冲过半山腰后，突然一声炮响，山顶千万支利箭从上而下，射向涌上来的红巾军，并瞬间点燃了早在陡坡沟壑，以及低矮灌木丛中布下的硫磺和火药。红巾军被熊熊大火包围，烧得片甲不留，死伤惨重。倪文俊在山下看得大惊失色，差一点坠落马下，急忙鸣金收兵，移师回营另想他策。行至半路，信使急报。河南行省左丞相太不花率舟师十万攻破平靖关（今湖北广水），徐寿辉告急，速命倪文俊班师勤王。倪文俊无奈，只得连夜拔营起程，恨恨离去。

此黄山头一战，红巾军损失一千多人，被俘四百左右。倪文俊此次兵锋所处，城池要隘无一幸免，唯独安乡这弹丸之地让他损兵折将。一时间，熊义山名声大震，后惊动朝廷，被连升三级，官至"万户"。

元至正十六年（1356年）春，倪文俊又率水陆三十万进抵洞庭湖区，再次攻陷岳州、潭州、龙阳、鼎城等地。安乡南面靠洞庭湖无险可守，倪文俊两路夹击，对阵的民军溃散逃走。值此被大军迅速包围的知县张继和只得开门投降。三年前，倪文俊攻击安乡黄山头受挫还历历在目，如骨鲠在喉。这一次倪文俊吸取教训，知道武力攻伐固若金汤的义山寨代价巨大。便眼珠一转，心生一计。趁守卫在黄山头的熊义山还未得知安乡县城已陷入敌手的消息，遂派一亲兵卫队假扮民军，前往黄山头义山寨运送给养。在运送的酒里面下好蒙汗药，再派两大队人马远远跟着，隐蔽前进。

半夜时，埋伏在山脚的红巾军接到信号，蜂拥冲上义山寨，兵不血刃拿下了安乡黄山头最后一处反抗要塞，熊义山也被活捉。倪文俊许以高官厚禄均被严词拒绝后，又派县令张继和前来劝降，熊义山破口大骂，宁死不屈。恼羞成怒的倪文俊下令开膛破肚杀死熊义山，又放了一把火把义山寨烧得片瓦不存。

黄山头义山寨轰轰烈烈抗击红巾军的故事，早已载入史册。熊义山为保家乡，在威逼利诱面前英勇不屈，视死如归的英雄气概却一直活在安乡人的心里，永生不朽。

袁宏道阻风安乡河

韩　霆

　　袁宏道，湖北公安人，明"公安派"重要作家，万历进士。历任吴县知县、礼部主事、吏部验封司主事、稽勋郎中、国子博士等职。

　　明万历二十八年（公元 1600 年），袁宏道因兄袁宗道去世，乃上《告病疏》，请假归。他筑"柳浪馆"于公安城南，终日与少时旧友吟诗作文，寄情山水。

　　明万历三十三年夏（公元 1605 年）的一日，袁宏道正与文友在后花园品茗论诗时，书童匆匆送来一封信，袁宏道急忙拆开一看，原是武陵文友邀他入湘游览的。畅游山水，寻古探幽，是他一生的雅兴。他立即修书一封，应允择日启程。时至季夏，袁宏道吩咐书童收拾行装，别过家人，雇舟入湘，游览德山、桃源诸景。

　　时光匆匆，转眼已到夏秋之际。正当袁宏道游兴正浓时，家人转来朝廷催他进京赴任的公文，袁宏道只好别过武溪诸友，乘舟北返。当舟行至安乡境内时，天空突然阴冷异常，风劲云涌，艰难北行。袁宏道一时独坐舟中，冥思苦索；一时站立舟头，眺望远方。急切北返的心情和安乡沿途的风光交织纠缠着他，外界的风云和内心的律动一同袭来，激越处，他随口吟道："一溪才顺一溪湾，一尺才过一丈还。船子已愁箭括水，儿童又指帽儿山（帽儿山即指黄山头）。"刚吟罢，书童称赞道："老爷，好诗呢！"袁宏道笑着道："我要感谢你呢，若不是你指给我看前面安乡的黄山，我还作不出这首竹枝词呢。"书童傻傻地笑着，袁宏道却凝望着前方的黄山，另一首竹枝词正在孕育着。一会儿后，他又吟道："武溪葱翠独称梁，正望黄山一点苍。三日风头两日雨，谢公昨夜拜梁王。"吟罢，书童又插嘴道："老爷，我们迫切返回，是不是黄山的谢公昨天夜里去催了武溪的梁王呀？"袁宏道大加赞赏："好孩子，你成了老爷我肚子里的诗虫呢！"书童谦逊着："老爷，是您的诗通俗易懂，一点也不玄乎，我才敢乱猜的。"袁宏道若有所思地说："这要感谢谪居朗州十年的刘禹锡呢。他在朗州期间，积极学习当地民歌，并把它运用到诗词创作中来，才有了今天的竹枝词。我们在北返途中，我还要吟几首呢，以此感谢他老人家对中国诗词的发展。"

　　船在安乡河中颠簸前行，两岸大片的芦苇荡成了此时江南安乡别致的景色，芦花在风起云卷中漫天飞舞，覆满河面；辛勤的渔民正在撒开渔网，收获着一生的辛劳。于是另外两首竹枝词已在袁宏道的腹中瓜熟蒂落。诗曰："芦花枝上水痕新，南市东村打白鳞。只在梁山山背面，梁山何苦不离人。""侬家生长在河干，夫婿如鱼不去滩。冬夜趁霜春趁水，芦花被底一生寒。"这些竹枝词清新明快、通俗易懂，实为"性灵说"最好的诠释。

　　袁宏道虽阻风安乡河，但他收获了四首竹枝词。这四首竹枝词，后收入《袁中郎全集》，题为《竹枝词·时阻风安乡河中（四）》，同时也留给了安乡人民宝贵的精神珍品。

潘相买《二十四史》

韩　霆

潘相，安乡县安全乡槐树村人。安乡十大历史文化名人之一。清乾隆进士，曾任濮州知州，官居五品。亦教过太学，任翰林院编修，还曾派遣到琉球岛，任教习。

但潘相少年时代的求学经历，却十分艰辛。为了买一套《二十四史》，还有一个辛酸的故事。

潘相自幼聪明好学，但父母双亡，家境贫寒，只有与长他四岁的哥哥相依为命。

有一天，他哥哥正在给东家犁田，犁到北边他跟着走到北边，犁到南边他跟着走到南边，这样往返多次，沉默不语。

哥哥感到蹊跷，就停下来问他："弟弟，你今天怎么啦？老跟着转而不去温习功课？"

过了很久，潘相才怯怯地说："哥哥，我想买一套《二十四史》。"旋即又补充道："哥哥，我知道家里穷，我是说着玩的。"

哥哥听他这么一讲，心里顿时酸醋奔涌，含着眼泪说："弟弟，只怪家里穷，也没有什么家产可变卖的了。好吧，等我为东家把这块田犁完了，一定想办法把那套书买回来。"

第二天，哥哥真的买了一套崭新的《二十四史》，潘相高兴极了，可哥哥脸上却流下了一行热泪，拉着弟弟的手泣声说：

"弟弟，为了给你买这套书，我实在没有办法，只好卖身三年。这三年里，哥哥不能照顾你了，你要发奋读书！"说罢，兄弟俩挥泪而别。

潘相果真没有辜负厚望，他一生居官廉洁，著书立说，著述颇丰。现存的就有《琉球入学见闻录》、《毛诗古音参义》、《周易撮要》、《澧志举要》等，并列为全国历史文化典籍。现藏于安乡县图书馆的《潘子全集》，还是镇馆之宝呢！

潘相卧道退官兵

彭其芳

清乾隆三十九年（公元 1774 年）秋季的一天，在官道上飞驰着两匹快马，一前一后，向山东巡抚府衙处奔去。从他们不断挥鞭催马的行动上，从他们一身官服的打扮上，充分说明他们有着非常重要的军情。

跑在前面的，便是湖南安乡人潘相。他出身贫苦，父母过早丧亡，曾让唯一的哥哥卖身买书苦读，终于在 1763 年考中进士。由于他博学多才，为人正直勤俭，深得乾隆皇帝的宠爱，曾教过太学，并教过太子。后钦点为山东福山县知县，兼摄黄县、泗水县政事。不久，潘相调任曲阜（孔子的家乡）知县，旋即升任濮州知州。

眼下有什么急事，让他和随从如此快马飞驰呢？

因为在他的管区内发生了天大的事，他要去面见山东巡抚刘公，面禀详情，阻止刘巡抚率领的三万大军不向濮州进发。眼下靠他一人拒三万官军，谈何容易！

只因为当地连年受灾，老百姓饥寒交迫，生存受到了极大的威胁。当地平民王伦便带领一些人起事造反，抢夺粮食，捕杀贪官。于是朝廷令山东巡抚刘公派兵镇压。王伦于是被杀，跟着王伦走出家门说是去吃饱饭的一百多名老人和小孩也将面临着死

亡，是他潘相力保下来，才得活命。如今，朝廷听信有人谎报军情，说濮州地区有邪教三千多人聚众闹事，于是山东巡抚刘公又奉朝廷圣旨，亲率三万大军前来清剿。事发偶然，情况严重，怎不令他心急火燎！潘相出身穷苦，最关心普通的百姓，此次如果大军进境，该有多少家破人亡，该有多少人头落地！他急得不行，无论如何要阻止这次无端兴兵屠杀百姓的事，即使自己丢官，即使自己坐牢，甚至人头搬家，也无所畏惧。满腔的忿懑随着冲天的豪情，在他宽阔的心胸里奔涌，他怎么也抑制不住自己的情感，便急急与一名随员飞奔上路了。

他俩日夜兼程，连饭也顾不上吃，随身带的几个包谷棒，便成了他们的主粮。

在一条官道上，潘相遇着了山东巡抚刘公，刘公的身后是黑压压一片兵士。见有人飞马来了，不知发生了什么事，刘巡抚一个手势，将士便停止前进了。刘公也勒马等待着。

潘相立即下马，跪在巡抚大人的马前，禀道："大人，说是有邪教一事，这是无中生有，请大人明察。"

刘巡抚说："有人报奏了朝廷，说有此事，今圣旨已下，我听你的，还是听皇上的？你应该识时务，快快跟我让开道！"

潘相急了，忙忙从地上爬了起来，拉住了刘巡抚的马缰绳，苦苦求道："大人，我愿以性命担保，绝无其事……"

"不行！我是奉旨行事。你胆敢阻挡官军，阻挡皇令的执行，你知罪吗？"刘巡抚说着，又要策马向前了。

潘相急得没有办法可想了，便立即横卧在道上，也提高了嗓门说："大人，你的马蹄就从我的身上踩过去吧，你的三万将士也从我的身上踩过去吧。可是你想过没有，我是皇上亲点的官员，是濮州一方之主，皇上对我恩宠有加，必要时我要面奏皇上……"

潘相一跪二拦三卧道，充分表现了他的为民谋事的大无畏精神。为了老百姓的利益，他什么都不怕！

刘巡抚听了潘相的话，便立即下马，把潘相从地上扶起来，并把卧在潘相旁边的随从也扶了起来。这位刘巡抚清楚地记得，因为潘相教过太子，乾隆皇帝对他分外看重，请他夜宴，与他和诗，甚至还一次次到他的府第看望，且一年四季赏赐特多。如果有一天乾隆皇帝把他调入京城，做的官肯定比自己的大，眼前的这个人后台太硬了，还是不得罪的为好，凡事留一线，日后好相见。想到这里，刘巡抚变得亲和起来："我是奉旨行事，若没有邪教，那是你我的洪福了。"

潘相说："我一定好好地守住自己的管区，有什么事情，尽快禀告。"

"那好！那好！"刘巡抚说着，手一挥，全军立即转向，后队变前队，撤走了。

潘相俩也拨转马头，往回走了。

马儿走得慢慢的，像在散步。马上的人儿却在想着心事。

潘相夜宿宰相府

罗贻全整理

清乾隆二十八年，潘相以拔贡功名上京会试，路过一地，落在一告老还乡宰相府家过夜。那老相爷听说安乡潘相到此，招待十分热情，并安排他进客房安歇。潘相上京赶考，晚上抓紧时间复习功课。忽然，房门推开，进来两个十几岁的童子，一见潘相，施礼便道："仰慕先生大名，晚生请教。"潘相放下书本，起身还礼，招呼两个童子就坐。其中一童子说："听说先生博闻强记，能否把《康熙字典》讲解一二？"潘相不紧不慢，从头到尾地把《康熙字典》背了一遍。一遍下来，已是午夜时分，二童子点头道谢而去。

第二天清早，潘相准备起程，忽听隔壁房里二童子向祖父请安，说话很是文雅。二童子说："爷爷，昨天来的潘先生还认得几个字，能背康熙字典。昨晚，我兄弟俩考了他一下，他只背错了一个字，我就背给爷爷听……"潘相听了大吃一惊，急忙翻书，果真错了一个字。他暗想：两个羽毛未干的顽童我也不及，何况他祖辈父辈呢？不如返回家乡再读几年，以免这次考不上出丑。在吃饭时，潘相对相爷说："我不想上京赶考了，看来，天下人才济济，哪有我的一份。您的二位孙子都比我强。"相爷说："你不要失去信心，天下像你这样有才华的不多，不要错过机会；

再说我那两个孙子都是翰林底子。"潘相听到这里，才知道到处有能人，一路更加谨慎，到京后终于考上了进士。

后来，潘相出任濮州知州，官居五品。教过皇家学生，著有《潘子全集》，成为一代大家。

乾隆访潘相

刘志文整理

清朝时，我们槐树这个地方，出了个叫潘相的人物。他是清朝进士，当过太学先生。后来，乾隆皇帝下江南的时候，还特地来访问过他。

乾隆皇帝为什么访潘相呢？潘相的才学很高，教过太学，乾隆皇帝请他教过太子。潘相教太子博古通今，长进很快，乾隆皇帝对他很信任，时常和他一起吟诗作对，还想封他为宰相。有一次，乾隆皇帝特别备了一桌酒席，请潘相吃饭，亲自作陪。吃饭的时候，潘相发现饭里面有两粒谷，就把它夹出来，放在桌子上。因为他出生农村，受过苦难，从小养成了爱惜粮食的习惯，饭里的谷总是夹出来，给鸡子吃。这次，他按自己的习惯把饭里的谷夹到了桌子上。哪晓得乾隆皇帝看了，误认为做饭的人有意这么做，得罪了先生。于是当场就把做饭的叫去，指着那两粒谷说："是谁这样放肆？在先生的饭里掺谷，这样侮辱先生，该当何罪！"潘相想为他申述，还没有开口，皇帝就传下了圣旨，要处斩那个做饭的师傅。当时，潘相吓得要命，饭都没有吃好。回去以后，心里很是不安。他想，为了这么一点小事，就杀死了一个人，今后，假使我有过失，那又会怎样呢？潘相想来想去，就悄悄地离开了京城，回到了老家。后来，乾隆皇帝要封他当宰相，才知道他回老家了。

　　乾隆皇帝一直挂记潘相。他下江南的那年，特别到安乡来访潘相，准备请他去当宰相。乾隆访到槐树一带，潘相知道了，就吩咐家人说，乾隆皇帝来了，就说这里没有叫潘相的，只有一个潘湘。乾隆皇帝访到了潘府，那个家人真的这么说了。潘相硬是没有出来。乾隆离开潘府以后，转念一想，那个叫潘湘的一定就是潘相。他也明白了潘相不愿接驾的原因。于是就派人把一套蟒袍送到了潘相的屋里。

　　后来，这套蟒袍，潘家一直作为珍宝，祖祖代代保存下来。解放后，槐树都还有很多人见过。大概是五十年代后期，被人盗走了。

御前侍卫罗世澥

罗远文

出身于安乡县安障乡王家湾村的武进士罗世澥，是唯一安乡县志有记载、民间有传说的御前侍卫。据说，他武功高强，有一独步武林的功夫，名"浪里捡柴"。据当地老人们传说，罗世澥经皇帝钦点后，声名鹊起，提起他的大名，有人就怕，出门开道，无人敢挡。

罗世澥自幼习武，练武刻苦，十八般武艺样样精通，十五岁及第武秀才，二十岁进京应试武进土。应试时光绪皇帝亲临现场，罗世澥提着一柄一百多斤重的大刀，大步流星走进金銮殿广场，上下翻飞，势如"蛟龙出海"，引发阵阵喝彩。欣喜之时，稍一分心，大刀脱手，眼看就要坠地，他用尽全力，以迅雷不及掩耳之势，右脚朝大刀猛踢一脚，随之接在手中继续舞动，直至收势。

光绪皇帝自幼习武，对武学有相当了解，他问："你刚才玩的大刀，要落下了，怎么又飞起一脚，把刀又踢上来，这是什么武功招数？"回禀皇上："这是我的武功绝招，名叫'浪里捡柴'。"皇上龙颜大悦："好，好，好！朕准你为武进士，职封御前侍卫。"罗世澥谢恩退下，回到寓所，发现右脚趾已经破裂，血满鞋靴，自己马上止血疗伤。后一直在皇帝身边鞍前马后效劳。

"服役"多年后,罗世瀚回家省亲,引发很多故事。一次,县老爷派差役请他去县衙议事,差役到了王家湾,罗世瀚正在田间劳作,差役不认识罗世瀚,来到田头问罗:"老头,罗世瀚家住哪里?"罗世瀚手一指,也不作答。等一会他从田里回到家中,问清原由,写了封信交给差役,并叫他把一副石磨子背回去交给县老爷。县老爷拆信一看:我在田里剔稗,有人问我罗世瀚,别的我都不赏,赏副磨子让他背回来。县老爷随手给差役几巴掌,随之大叫,还不把罗老爷的磨子送回去。

罗世瀚回家后,外地来"以武会友"的人特别多,见多了,一般的他不愿意过多"交手"切磋。一次,来了一名外地人找他,罗世瀚说:"他这段时间外出了,有什么事告诉我?"来人也不说话,临走时,随手扯起屋后竹园里的一根竹子。等那人走后,罗世瀚自己试了几下,竹子怎么也扯不起来。还有一次,外地又有人来找,罗世瀚又说自己不在家,那人看见禾场上的石磙,双手举过头顶,绕着禾场转了四五圈,面不改色心不跳。等那人一走,罗世瀚自己举起石磙,只走得了十几步……

至此罗世瀚才觉得,天外有天,人外有人。不久,光绪皇帝令人通知他再次进京时,罗世瀚要家人告诉官差,就说自己死了。官差复命,光绪不舍,说:"罗世瀚死了。"皇帝金口玉言,罗世瀚自此果真一病不起。

中华人民共和国成立后,很多安乡老人还见过罗世瀚的大刀,勉强搬得动,但谁都舞不动。罗世瀚在王家湾的墓地,也于1959年被毁,目前只有一个洗马坑还有点影子。

王子彬智取荆州城

胡国才

　　地处安乡县珊珀湖东南的安裕乡（今大鲸港镇）槐圃垸，从前原是一片托洲，通过多年淤积成了一块风水宝地，这里土地肥沃，盛产稻米，是当时商家必争之地。

　　说起槐圃垸归属及地名的来历，当地百姓口口相传着王子彬打荆州的故事。

　　清末大革命时候，革命党人为了推翻腐败昏庸的满清统治，建立民主共和，准备在武昌起义，大批仁人志士从湖广向武汉集结。然而，向武汉集结必须经过常德与荆州两大要塞，清政府得知消息后，令常德、荆州两镇守使固守要塞，严防死守，不让集结的革命党人通过。

　　当时，把守常德关口的镇守使为汉代名相王佑的后代王子彬，此人为一代军事奇才，他虽为满清镇守使，但他目睹满清腐败无能，百姓水深火热，十分同情革命。革命党人了解这一情况，派出谋士李执中上门争取，晓以利害，游说王子彬弃暗投明，加入革命军。

　　王子彬加入革命军后，以常德镇守使之名，大肆招募新兵，训练团防，随时准备策应武昌起义。

　　此时的荆州镇守使为清廷鹰犬连魁，当他得到朝廷密令，要他严守古城，只守不攻，确保城池不丢，更加加强了荆州守备。

随着武昌起义筹备工作的推进，革命党人需及时集结，为确保集结的仁人志士顺利通过荆州，就必须拔掉防守荆州的钉子。为此，革命党人决定派王子彬率队攻打荆州。

荆州城凭借长江天险设防，易守难攻，加之城内粮草充足，兵强马壮，镇守使自吹荆州城防固若金汤。为打掉连魁嚣张气焰，王子彬化妆成当地土豪，对城防工事进行了严密侦察，看到自己与荆州的兵力悬殊，决定智取，攻克荆州城。

第二天，安排好常德城防后，王子彬率领二百余名精兵朝荆州开拔，在离荆州城五里外安营扎寨，大造声势，准备攻城。王子彬首先挑选三十名能言善辩的士兵分成三组，每十人一组，三组不分昼夜，轮流喊话，劝降清兵放弃抵抗，保命要紧。一连七天，不分昼夜的骚扰喊话，搞得荆州守城士兵紧张兮兮。然后，王子彬将营房紧闭，所有士兵傍晚时分悄悄撤离，第二天又全部稍加伪装，兵车战炮，惊尘遮天，像一股新开拔的军队进到荆州城，重新驻扎在原来的营房旁，一连数日，用空营房将荆州城团团围住，如铁桶一般。守城士兵看到团团围住的营房，每日开拔到来的攻城军，大有大兵压境之感，早就失去了斗志。

面对王子彬的只围不攻，脾气暴躁的镇守使连魁有力无处使，更加焦躁起来，对无心守城的士兵，稍不如意，非打即骂，搞得荆州守兵人心涣散，怨声载道。

这时候，王子彬看准时机，一天深夜，趁着夜色，带领二百名精兵，统一佩戴袖记，偷偷摸进城门，用匕首解决门卫后，一齐杀进城中，一时间喊声枪声大作，守兵疑是神兵天降，一下子就失去了抵抗。

王子彬身先士卒，冲锋在前，他带领几名贴身士兵快速摸到

连魁旗营中军，连魁负隅顽抗。战斗中王子彬不幸被流弹打中右足，顿时鲜血直流，王子彬忍住疼痛，稍加包扎后仍大呼向前，连斩旗营中军三人，同时，指挥部下快速杀敌。这时大部分清军放弃抵抗，连魁见大势已去，遂自杀身亡。

荆州城内守军见头领已死，瞬间，军心涣散，一千多守军树倒猢狲散，死的死、降的降，古城防守土崩瓦解。

固若金汤荆州城在王子彬智取下，以少胜多，得以攻破，既为武昌起义集结扫清了前进之路，又为起义起到了策应作用，一时间，被坊间广为传播，把用兵如神的王子彬，捧为天人。

王子彬得胜返乡，当地乡绅樊则如、孟凡如等设宴款待。席间，几名乡绅将托洲作为礼物送给王子彬。王子彬十分看好这块土地，立即接受了这份厚礼。他巧借祖宗王佑的"三槐园"的典故，将托洲取名"槐圃垸"，并交给次子王十四打理，托洲"槐圃垸"之名也就流传了下来。

民间故事

黄山头的来历

刘志文整理

　　湘鄂交界处的黄山头是怎么来的呢？关于它的来历，还有一个神话般的传说。

　　两千多年前，秦始皇修筑万里长城，从全国各地征调了无数的民伕去服劳役。各地的民伕到了工地，日挑夜抬，垒筑长城。可是统治阶级不关心民伕的疾苦，派了很多官员当监工，日夜督阵，不让民伕有一点休息的时间。长城还没有修起，死的人就不知有多少。

　　有一天，观音菩萨化成一个凡间道人，手持法帚，来到了人间。她听说修筑长城累死病死的民伕不计其数，尸骨都填在长城当中了；眼看还在修筑长城的民伕，一个个都是衣衫褴褛，骨瘦如柴，胡须碴碴，面如土色，挑着担子腰弓背驼，走起路来像蚂蚁那样的一步一步往前挪动。观音菩萨念其民伕的苦难，就在法帚上扯下一根法丝，系在一个民伕的扁担头上。那民伕拿了扁担去挑石头，就像没有挑担子一样，走起路来，快步如飞。后来，观音菩萨给每个民伕的扁担上都系了一根法丝，他们挑砖抬石再也不腰弓背驼了。

　　监工的官员发现民伕挑砖抬石变得轻松愉快了，感到很惊奇。他便化装成民伕的模样，探听到了法丝的威力，连忙赶回朝廷，向秦始皇禀告。

秦始皇听罢，龙颜大喜，第二天下了一道圣旨，勒令民伕把扁担上的法丝解下来，交给朝廷。民伕没有办法，奉旨交出了全部法丝。秦始皇把法丝收拢去后，叫人编了一条鞭子。那鞭子在空中一挥，飞沙走石。秦始皇想，有了这条神鞭，一定能赶山填海了。于是封了一个赶山王，去赶南山填北海。

赶山王到了南方，看中了一座像凤凰一样的山，他想赶这座山去填北海，但赶山还必须得到土地神的协助。当天，他就去拜访土地神。那土地神看到了赶山王的鞭子，认出是观音菩萨的法丝编成的，觉得很是蹊跷：观音菩萨的法丝怎么会给他编成赶山鞭来赶这座山去填北海呢？把北海填掉实在太可惜了。他想来想去，终于想出一条计策，于是当晚就给赶山王报了一个梦：这座山上有一只凤凰在修行，快成仙了，要把这座山赶走，只能在每天天黑以后，鸡叫以前。雄鸡一叫，凤凰开始躁动，山就不能走了。赶山王得了土地神的梦，第二天一擦黑，他就坐在山尾，赶着山腾空而行。

赶山王按土地神的嘱咐，赶着山走了一程又一程。土地神一边走一边想：观音菩萨的法力只会为百姓造福，秦始皇盗用法力破坏山水，观音菩萨未必知道？一天晚上，山很快就要过洞庭湖了。土地神坐在山顶，看见长江波浪滚滚，洞庭湖湖水盖天，百姓受着水患的威胁。他想，把这座山赶去填北海，不如就留在这个地方。留在这里既对治水有利，又能让人们登上山顶，欣赏长江的气势和洞庭湖的烟波。他想到这些，就学雄鸡"咯、咯、咯——"地叫了几声。雄鸡啼鸣，山开始晃动，土地神使出定山法，山就慢慢坐落下来了。

赶山王听到鸡叫，见山落在水中，跑到山顶去问土地神：

"四面水天，哪里有雄鸡叫呢？"土地神据实回答，赶山王一听，大发雷霆，舞动鞭子，打在土地神的身上。土地神为了湖区的人能用山治水，也能登山观景，就死死地定住这座山，赶山王虽然奉了秦始皇的圣旨，强夺了观音菩萨给予民伕的法力，但由于失去了土地神的协助，这座山终于没有赶走。洞庭湖边从此有了这座美丽的山。

　　起初，这座山像一只凤凰在烟波缥缈的水面上飞翔，人们就叫它金凤山，后来，来往游人发现这座山不仅土石全是黄色，而且每到春夏，黄鹄在树上筑巢，黄莺在林中啼啭，苦菜花、蘼芜花……开遍山野，有的黄得似蜡，有的黄得如金。秋冬季节，黄梅挂满树枝，黄菊开遍山岭，一年四季，整个山几乎是黄色的天下，因此，人们又把它叫做黄山。为了区别安徽境内的黄山，人们又把它叫做黄山头了。

仙人掌的传说

伍月凤整理

黄山头八景之一的仙人掌，传说是生于四川彭山的长寿仙人彭祖升天成仙时留下的脚印。

这块仙人掌，位于黄山头东北的骑马岭，岭上有一块一米见方的巨石，在巨石的表面，隐约可见一个巨大的脚印，长约七十公分。彭祖的脚印，又怎么会留在安乡黄山头呢？

据传，彭祖从尧舜时代开始，活了八百多岁，一直活到了周朝初期。人活百岁就非常罕见了，彭祖又怎么会这么长寿呢？原来，彭祖十三岁那年，有一天正在水田里做整理田埂的活，恰好有一位仙风道骨的老者经过。老者看他气宇轩昂，忍不住细细地观察起来。他掐指一算，发现这个年轻人岁数将尽，于是，忍不住摇头叹息起来。

彭祖看见了，以为他在为过不了湿泥巴的田埂而烦恼呢！就热心地走到田边，要背老者过去。那老者也不客气，顺从地趴在他的背上，只是在不停地叹气。

平白无故叹什么气呢？彭祖疑惑不解，就问老者原因。老者不忍心，自言自语道："虽然天机不可泄露，但是既然受人恩惠，还是与人消灾吧。"于是，把彭祖岁数将尽的事告诉了他。彭祖

一听大惊失色，知道今天遇见了高人，自己有救了，纳头便拜："神仙救我！"老者便要他在农历八月十五的晚上，在门前的大路上摆上八仙桌，供上清茶、果点，用布罩住桌子四周，然后自己躲在桌下，到时如此这般……彭祖感激涕零，赶紧记下了老者交代的事项。

转眼到了八月十五晚上，彭祖按老者说的布置好一切，然后躲在桌下。不知道过了多长时间，他听到一阵脚步声由远及近，同时听到说话声："既然有人诚心相敬，我们就在此歇歇脚吧。"于是几个人坐下来边歇边吃边聊。这时，彭祖从桌底下钻出来，看有男有女八位仙人，于是跪下磕拜："恳求八仙救命！"来的正是八仙，今天云游到此。八仙都是神仙，一看这阵势，早就明白了其中的玄机。

正是吃人家的嘴软，拿人家的手短！神仙也不例外。况且，这彭祖本来就有仙缘，是受神仙指点。于是，八仙一合计，决定每人给彭祖增添一百年的寿期，让他好人长命。

这个彭祖，既有神仙庇佑，又喜欢钻研养生之术，到了八百多岁，还满头乌发满面红光，神采奕奕耳聪目明，闲来无事，就到处游历。有一年，他游完北方，又辗转到了南方。这天，来到了安乡黄山头，立即被这里的风景迷住了，这黄山头，形状就像一只展翅冲天的金凤凰，是个适宜修养的风水宝地呢。

彭祖一连数日，在山里喝喝清甜的泉水，吃吃甘甜的野果，呼吸清新的空气，揉揉眼睛，嗑嗑牙齿，伸伸拳脚，安心地做着他的养生操。这天，他来到骑马岭上的一块巨石上，正举目远望，锻炼眼力。突然，他仿佛看见有人驾着五彩祥云远远地向他飘来，还伴着呼喊他名字的声音"彭祖——彭祖——"。彭祖定睛一看，原来是八仙正在向他招手呢。

　　"八仙，八仙，你们是来接我的吗?"彭祖向着八仙边喊边挥舞着手。这时，彭祖感觉自己的身体好像慢慢变轻了，双脚用力一蹬，便向着八仙飘去，而他的脚印，就留在了那块巨石上。

犀牛望月的传说

石立祥

在黄山头大顶往下二十米处，有一块奇异的石头，远远望去，像一位伟岸的男子，默默守护着青山绿水，又像一个痴情的少女，文静而深沉。走近这块石头，只见他通身赤褐色，像饱经风霜的老人古朴沧桑，更像男人的胸膛，沉稳厚重。让人觉得蹊跷的是这石头仔细一看最像的还是一头犀牛，昂着头，深邃而情长，似乎在翘盼什么，它那头顶凸出一尖弯石头，形如犀牛角宛如弯月，石头表面上一道道小小的裂痕似乎在诉说岁月的沧桑。

听老人们说，这块石头有一个凄美的故事。

一千多年前，山下有一个村庄，村里有一个财主，财主家有两个十来岁的家奴，女孩叫玉娘，男孩叫牛娃。一晃几年过去了，他俩渐渐长大成人，并私下定了终身。岂料，天有不测风云，玉娘虽是丫头，却出落得如出水芙蓉，亭亭玉立，一张小脸蛋像一朵盛开的芙蓉花，娇艳欲滴。财主看上了玉娘，想收她为小妾。几次派管家说媒，均遭玉娘拒绝，财主恼羞成怒，撕下伪装的面孔，派家丁将玉娘捆绑锁进柴房，逼她就范。可怜的玉娘，蜷缩在柴房，惊惊颤颤，她多希望有人来解救。

傍晚时分，正当玉娘绝望之时，突然柴门被撞开了。一头犀牛来到她跟前，咬断了绳索，俯下身说："姑娘，快趴在我背上，双手抓住我的角，我带你走。"玉娘来不及思索，匆匆爬上犀牛背，任凭犀牛带着奔跑。财主发现玉娘跑了，立即召集家丁追赶。犀牛只能背着玉娘径直往山上跑。到了山顶，犀牛发现无路可走了，就拼着最后一丝力气，用一只犀角，把玉娘送到了广寒宫。待财主和家丁赶到，玉娘已安全到达月宫，犀牛见此，随身一变就成了石头。可怜的玉娘，她根本不知道犀牛就是日日与她相伴的她心爱的牛娃的化身，是被天廷贬下凡尘的神仙。犀牛耗尽了所有的修炼，成全了玉娘，却毁了自己的全部。现在那块形如犀牛的奇石，仍屹立于黄山头大顶南坡，望着广寒宫。

后来人们听说了这个故事，都纷纷跑来祭拜。据说，月圆之夜，只要站在犀牛石上，拿着石子朝像月亮的石眼掷去，击中的人可以子嗣荣昌，非富即贵。所以每到月圆之夜，不少信奉者老远跑来印证这充满诱惑的传说。

连理枝的故事

李章甫整理

　　黄山头大顶东侧有个叫"犀牛望月"的地方。那"犀牛"就是一块悬空伸出的大石头。"犀牛"的前方约二十米处有块像月亮的石头，那石中有眼。据说人们站在"犀牛"头上用铜钱或石头投中月亮中的眼，就可求福求子。

　　很久以前，黄山之北住着一户姓佘的员外，膝下只有独女桂花，渴望有儿子继承家业。那天，佘母带着十八岁的桂花，到"犀牛望月"处求子。桂花也早有心机，欲趁此良机，为自己求得终生伴侣，于是，见机上前，站在"犀牛"头上，手执铜钱，奋力向月亮石眼投去，谁知用力过猛，坠落山崖，吓得其母尖叫一声，魂飞天外。只见她急匆匆哭啼啼转到崖下，看见一英俊小伙子正抱着她的桂花。她竟惊得说不出一句话。小伙子怕她生出男女不轨之嫌，放下桂花就悄然离去。

　　原来，那小伙子正在"犀牛"头下采药，忽见有女子从头上坠下，便奋不顾身将桂花接住。

　　桂花很快清醒过来，急忙指着远去的小伙说："妈！是他救了我……"欲报救命之恩的母女，忙叫恩人留步。双方互报姓名、住址。原来小伙子名叫罗槐，家住黄山南麓。在交谈中，桂花和罗槐互生爱意，如炬的目光碰撞，妙不可言的火花喷薄而出。自然，这一切都瞒不过母亲的眼睛。

　　话说桂花的母亲回去后便将桂花坠崖奇遇与女儿的心事向老爷叙说一遍。老爷感激罗槐的救女义举，却对他们的婚事极力反对。

　　当晚，桂花总是惊魂不定，不时梦中尖叫"罗槐！罗槐！"第二天，竟卧床不起，茶饭不思。父母见此光景，也拿不定主意。

　　正当他们焦急的时刻，罗槐背着药篓来了。他放下药篓，就对桂花的父母说："昨天小姐受惊，今天特来为小姐送药。我从小学医采药，略通岐黄，不知老爷信否？"老爷对罗槐心有不悦，但还得面上应承。桂花听到罗槐的声音，病已好了八九分，但仍佯装病重，渴望罗槐常来。几天后，罗槐又来送药，桂花父母恰好不在家，便直接向罗槐吐露相爱相守的心声。罗槐也信誓旦旦，海枯石烂不变心。

　　是年底，佘府来了说媒人，说的是澧州蔡府的贵公子，老爷听后满口答应，老夫人则要问问桂花。桂花听后，心生一计，对父母道："蔡公子家中富有，但不知他有无才华，若是绣花枕头，岂不误了孩儿终生？不若让孩儿出题，让蔡公子与罗槐当场作诗，搞个比诗招亲。"老爷当即应允，心想，贵公子与穷小子不在一个档次，哪有不胜之理。

　　比赛那天，桂花以连理枝为题。

　　蔡公子抢先答道："连理枝，连理枝，澧州公子不相识。蔡家豪门佘家富，凤配凰来雄配雌。"老爷听罢连连点头，桂花却说"庸俗之作。"再看罗槐从容吟道："白翁吟过连理枝，后人读过情更痴。当年七夕长生殿，不及桂槐一相识。"罗槐吟罢，桂花情不自禁说出："好诗！好诗！我就爱这个痴"。老爷拍案大

怒，指使家丁将罗槐赶出家门。桂花发疯一样向罗槐跑去，狂呼："罗槐哥，你等等我……"可桂花还是被家人拉进了屋内。

第二天，桂花偷偷逃出家门，与早在附近等候的罗槐相会。老爷闻讯，亲带家丁持棍追击。这时，罗槐和桂花正在山谷一隅，诉说衷肠，相拥而泣。怒火中烧的老爷早已失去理智，令家丁们将急雨般的棍棒朝他们身上打去，但他们紧紧相抱，任凭鲜血浸透了衣衫染红了草地。桂花气绝身亡，罗槐也随即停止了呼吸。

这时，北风怒吼，天空降下一场大雪，将一切污垢掩埋，留给人们的是深深的叹息。

人们只得将他们合葬一处。尔后，墓地旁长出两株树，一株桂树，一株槐树，渐渐地两株树融合生长，如同恩爱的夫妻，紧紧地拥抱在一起。

不知过了多少年，也不知有多少情侣，在连理枝前发誓："在天愿作比翼鸟，在地愿为连理枝。"

狗冢堆的传说

李章甫整理

在冲凤峪口的西边山上，有座占地十来亩，状若墓地的土堆，人称狗冢堆。关于狗冢堆的传说有些离奇却广为流传。

相传冲凤峪畔，舌子岭下，有个郝家岗。郝家岗前有片庄田，六块小田围着一块大田，大田中间有个池塘，池塘边长着一棵大树，斜躺在水面上。风水先生说此乃七星伴月宝地，郝家必有贵人拜相称王。

那郝家老头生有六个儿子，个个如狼似虎，横行乡里，人称活阎王；一个女儿，天姿国色，被皇帝老子看中，尊为西宫娘娘。那天官差催她进京，全家抱头痛哭，难舍骨肉亲情。此女跪辞其父，泣曰："此去有幸进宫，百日之内，定有好消息。"

女儿走后，郝老头病危，临终前嘱其子曰："百日之内不开中门，门前岗田，每日派人犁耙，不让水清。闭中门可养精蓄锐，搅混水可使日月无光，死后草葬后院。"言罢就闭上了眼睛。

郝家屋后有大片竹林，奇形怪状，粗过脚盆，竹节之间的距离比人还高。有的形似鼓，有的状如马，越长越快，越长越多，两月之后，漫山遍野都是新竹，除竹林之外，还有三根白茅草，其状如箭，箭头向北。郝家还有一条狼犬，每日在屋顶巡视北方，名叫遮天犬。

郝老头死后一切照嘱而行。他的女儿进京后的第九十七天就是他小儿婆亲的大喜之日。他家遵嘱不开中门，亲家大闹不休，喜庆之日，几乎酿成流血大祸。郝家理亏，只得敞开中门。忽听后院一声巨响，怪竹爆裂，现出千军万马，三根白茅变成三根利箭直向皇帝老子射去，由于火候未到，箭离皇帝咽喉还有三寸之距。

皇帝勃然大怒，下令彻查，方知郝家谋反，遂派来大兵围剿。遮天犬闻讯，狂吠不止，直奔山岗，见郝家浓烟滚滚，鬼哭狼嚎，竟活活气死在山上。第二天在狗死处便现出一座新坟来。

也有人说，是郝家深夜起火，家犬狂吠不应，那犬便浴冲凤峪湖水去救火，往返狂奔，火灭气绝，倒在郝家屋檐下。第二天，郝家命仆人将狗送到山上掩埋。谁知那仆人把狗往山上一扔就走了。稍后，有群牧童上山嬉耍，见一条烧焦的死狗，丑陋不堪，便投石相击为乐。不久，竟出现一大土堆，堆上芳草萋萋，天色蒙蒙，北风呜咽，竟纷纷扬扬下起一场大雪来。后来，人们每当来到冲凤峪，总会禁不住注目西望，赞叹这条神狗舍身献忠的精神，对自家的狗也倍加珍爱起来。

当地老百姓说，每当清明时节，狗冢堆上就会开出许多白花，还有旗条飘动呢！

白龙井的传说

毕则清

　　黄山头八景之一的白龙井，位于黄山头南麓。关于白龙井，还有一个古老的传说。

　　相传东海龙王有很多王子，大王子是一条白龙。白龙很聪明，很有学问，听到有关人类世界的很多事情。它很想去看世界和那里的人们，可是，父亲不准他去。

　　有一天，东海龙王被南海龙王邀请去赴宴。白龙趁着这个机会，悄悄地来到黄山头。他在山上的森林里东游西逛。这时，有一位叫刘公的老人，因膝下无子，上山去烧香，他坐在一棵树下高声祈求玉帝赐他一个儿子。白龙听了，遛到他跟前说道："把我带回家吧，我愿做您的儿子。"刘公惊叫道："你做得儿子？你是一条蛇啊！"白龙说："现在我是一条蛇，回家后就会变成孩子的。"刘公想了想，就把蛇装进布袋里，带回家去。

　　刘公到家以后，把袋子放进一间房子里，然后对老伴说："我给你带来了一个儿子，在那间房子里，你去看看吧。"他的老伴进房一看，果然有一个九岁左右的孩子，长得漂漂亮亮。他们心里乐开了花，给他起了个名字叫大龙。

　　时间一天天过去，大龙长成了一个英俊健壮的小伙子。可他父亲却一天天老了，大龙便开始挑起全家生活的担子，他每天不

是上山砍柴就是下河捕鱼。他在山上还认识了一位叫秀芝的姑娘，两人慢慢有了感情。一年以后，他们俩成了亲，一道上山砍柴，下河捕鱼，和睦相处，过着非常幸福的生活。

再说东海龙王在南海龙王那里赴宴，一去就是一年。等他回到龙宫以后，发现大王子不见了，便大发雷霆，马上带领龙子龙孙到处寻找。找到黄山头，终于找到了。龙王把他押到龙宫后，便要斩首。白龙的母亲苦苦哀求，龙王才下令把大王子压在黄山头南麓的一口井里，让他永远不得出来。

从此以后，人们就叫黄山头的这口井为白龙井了。

明塘湖的传说

彭其芳

　　明塘湖在黄山头西端，湖面开阔，湖水清澈，碧波荡漾，深不可测。传说湖畔住了个大财主，叫罗百焕。他是靠巴结官府、鱼肉乡里致富的，家里的黄金白银不计其数，还收藏有不少稀奇珍宝。罗百焕在湖中筑一小岛，再在木桩上铺上厚厚的木板与岸边相连。小岛上他再建楼台亭阁、曲廊假山，并把他家的全部财产转移到了岛上，供他吃喝玩乐，尽情享受，成了人间的天堂。

　　在湖中深处，他经常看到有一匹长长的青布在晃动，无头无尾。他认定这是一条龙，他住在了龙栖之地，一定会大富大贵，常常自鸣得意。

　　可是他年过五十了，还没有儿子。有一次他上黄山头庙里拜佛求子，看见一位乡村少女，天姿国色，便抢过来作妾，一年后跟他生了个儿子。这个小孩生下来就长得很快，比同龄儿童要高出一个头，要重十多斤。罗百焕晚年得子，把他看得特别娇贵。这小孩长到六岁的时候，便有一个怪习惯，要泡在水里玩耍。于是罗百焕派了几个家丁侍服他的少爷，热天在湖边玩水，天冷了，在盛了热水的大池子里玩水。旁边的人紧紧地盯着他，寸步不离，生怕有什么闪失。

初秋的一天，小孩趁看管他的人一时疏忽，便拔腿就跑，并且边跑边喊："哟哟，我自由啦！哟哟，我自由啦……"

他跑出了小岛，接着又跑过了便桥，最后沿着湖边的小路飞奔着。

后面，追来了看管他的人，也边跑边喊："少爷，少爷，你莫跑……"

罗百焕家里的佣人全都追了出来，小孩的母亲也追了出来，甚至家里养的几条看家狗也前前后后追了出来。

这时，还在小岛上酣睡的罗百焕根本不知道家里发生了天大的事。

小孩在前面跑，众人在后面追，一个个追得气喘吁吁，就是赶不上小孩。

大约追了一里多路，大家看到小孩已站在湖边的一个悬崖上，不跑了。

他的母亲顿觉不妙，便大哭大喊起来。

他忽然调转头来，朝他的母亲深情地跪下去，紧接着他猛然回头从悬崖上往湖里纵身一跳。

等到众人赶到悬崖上往湖里一看时，小孩已骑在那匹无头无尾的青布上，眨眼就不见了。他们再远望老爷苦心经营的小岛，却在慢慢下沉，一会儿就沉到湖底了，没有了一点儿痕迹。罗百焕的生命连同他的金银、宝贝也一齐沉到了湖底。

传说明塘湖直通东海。小孩是龙王的宠子，在惩罚了恶人罗百焕后，骑龙回归东海了。但他忘不了他的母亲，他跳崖前的回头一跪，算是对母亲的报答。

梅景窨与埋金窨

周德春

安生乡（今官垱镇）的梅景窨，原来叫埋金窨。很早以前那里住着一户叫梅雨霆的人家，家境一般。他有两个儿子，老是不干活。梅老大人见两个儿子不争气，很是着急。他希望两个儿子在自己百年之后都能自食其力，振兴家业。

有一天，梅老大人拄着拐棍到首饰匠王三儿那里，和他商量了一件事。到了太阳偏西的时候，他提着一个沉重的包裹回家了。他解开包，把包里的黄金摆在桌上，简直像发了大财。两个儿子看到这么多黄金，心中大喜，在家里一改常态，对老人的态度也很好了。过了几天，梅老大人把借来的黄金悄悄还给了王三儿。又过了几天，梅老大人背了一把锄头，在屋前面的一块荒地里转来转去。两个儿子都看在眼里。不久，老人得病，卧床不起。临终前，他把两个儿子叫到床前，叮嘱道："这几个月来，你们变得懂事多了。你们的母亲死得太早，现在我也不行了。前些天，我把那包东西埋在屋前的那块荒地里了，你们自己去挖。今年挖不到，明年再挖，明年挖不到，后年再挖；要深挖、勤挖、一块不漏地挖。那些金子是给勤快人留下的。"老人说完就死了。

两个儿子埋葬老人以后，各自扛了一把锄头，到地里把荒草烧了个精光，就开始从东挖到西，又从北挖到南，兄弟二人，手都打起了血泡，血泡上又起了厚茧，脱了厚茧又长了新皮。他们挖呀，挖呀，挖了一个多月光景，把这块地扎扎实实地翻了个遍，可金子的影子都没见着。正在兄弟二人唉声叹气时，往这里经过的王三儿走到他们跟前说道："你们兄弟还是很不错的，就这么些天，把一大块荒地都翻了个遍，真不简单。"梅氏兄弟苦笑道："王大伯，我父亲说过，地里埋了不少金子，我们把这块地挖了个底朝天，土都打碎了，地也刨平了，就是连铜子儿都没挖到一个，真气人。"王三儿拍着他们的肩膀，指着荒地说："孩子们，你们开了这么好一块土地，快到我家搞点麦种来种上。那些金子究竟在哪里，等到明年麦收季节，那金子就会出来的。"兄弟二人听了王大伯的话，把整块地全种上了麦子。

过了些日子，地里长出了麦苗。第二年，一大片麦子成熟了。兄弟俩看到那一片闪光的田野，心里乐滋滋的，老大深有感触地说："父亲要我们挖的金子，不就是这些东西吗？"

他们兄弟俩终于懂得了劳动的价值。他们不断开垦荒地，到处种上庄稼，不到两年，兄弟俩的日子就红火了，家里的积蓄一年比一年多，不出三年就成了周围十里的第一富户。

后来，人们把他们挖黄金的那块荒地叫"埋金窖"。又因他们梅家是当地无二的富户，人们就干脆称这地方做"梅景窖"。

梅氏兄弟由懒变勤，发家致富的故事也传到如今。

神奇的焦圻膏药

丁世喜整理

　　一个多世纪以来，在安乡县境内有一种神奇的焦圻膏药，疗效独特，周边县市几乎家喻户晓。它神奇主要是该膏药其貌不扬，一张普通的黄纸中间包着一块几公分大小见方的近乎糖鸡屎形状的药膏，贴在患处，立马见效，居然治疗一个好一个。刚开始那时节，焦圻膏药并没有药监部门的批准文号，而是以盲人沿途叫卖代销为主。但就是这种最原始、最普通而单一的销售方式，全凭着其神奇的疗效竟然赢得了广大患者的信赖，逐渐使焦圻膏药声名鹊起。随着时间的推移，焦圻膏药不仅畅销国内湘、鄂、两广、川、陕等 10 多个省市，还畅销港、澳、台，远销东南亚。上世纪六十年代，珍宝岛自卫反击战时期还曾被紧急空运到战场，以备救治伤员急需。

　　这焦圻膏药究竟是怎么产生，又是怎样传开的呢？据说是焦圻码头吴太和老人所创立的一个品牌。吴太和原籍江西，生于嘉庆年间，幼年随家人迁入常德县周家店乡（今鼎城区周家店镇），由于家境贫寒，十四岁便拜当地一土郎中为师，二十二岁那年经好友介绍才迁入安乡焦圻码头定居，靠卖药治病度日。吴太和在焦圻码头上行医期间，秉承"和为贵，医为重，利为薄"的师训，深受当地百姓好评。由于他勤奋好学，医术也日渐提高，名声越传越响。

　　据传有一年冬天某日，天气异常寒冷，有一个烂腿叫花子讨米叫花来到十八溜（原焦圩镇长兴村境内），后因腿痛难以前行便到一宋姓人家借宿。第二天，宋家介绍他到焦圩码头上找吴太和医治腿疾。叫花子暗自落泪之余，不免仰天长叹："怎奈我身无分文，有谁愿意为我治病哟！"宋家告诉叫花子，说吴太和是远近闻名的大好人，只要你去，他一定会竭尽全力帮你的。临行前还给了叫花子二升米背在身上。晌午时分，叫花子终于艰难地找到了吴太和药号。吴太和得知来人前来就医，随即热情地将其安排在家里住了下来。吴太和利用自己掌握的草药知识，每天上黄山头采集各种草药，回家后将草药清洗干净捣碎，然后敷在伤腿患处。不出一个星期，叫花子的烂腿就有了明显地好转，经过近一个月的精心治疗后就痊愈了。这一天叫花子要走了，他将吴太和召到房里，把一张写有 60 种药名的处方和一根木拐棍同时交给了他："我看你是一个心地善良的大善人，你治好了我的腿，可我无钱结账，以后你就用我给你的药方配药，用这根木拐棍进行搅拌，熬制膏药，你定会为乡亲们更好地治病，同时也会为你家带来收益。"叫花子还向吴太和传授了熬制膏药的具体方法和步骤，还教吴太和在熬好药后双目紧闭，用他送的拐杖左右各划三下，而且，每划一次口中还要轻声念出 1836 四个阿拉伯数字，最后还特别叮嘱了三条：一是传男不传女，一代传一人；二是发财不买田地；三是不嫌贫爱富。说毕，叫花子就腾云驾雾不见了人影。吴太和惊奇之余，马上将叫花子以上所授牢记在心。以后每次都按照叫花子交代所做，果然药到病除，效果极佳。有传说那叫花子就是"八仙"中的铁拐李，而对于1836 四个数字的含意至今仍是一个谜。

　　解放后，吴太和膏药铺神秘配方由吴家第六代传人吴汉洲无偿献给了原焦圩联合总厂。生产焦圩膏药的集体企业改制后，现在焦圩膏药仍由吴家后人继续生产和销售。

比干后人姓"毕"的来历

胡国才

"比"在上"干"在下,即"毕",读音为 guàn。这个字《新华字典》里没有,电脑里也没有,但在安乡县安全乡槐树村,却有一个叫毕家垱的地方,居着一群毕姓人。说起这个姓的来历,有一个口口相传的故事。

商纣时期,有一位比干丞相,他从小聪明好学,20 岁便当上了太师,辅佐自己的哥哥帝乙,帝乙驾崩后,纣王继位,比干仍效力纣王。比干是一个为人耿直、做事果断、直言不讳之人。纣王继位后昏庸无道,不管朝政,整天沉迷于酒色,比干等忠臣冒死进谏,但是纣王视如无睹,嘴上说改,心中却记着恨。

同时,纣王大施暴政,不仅无故废黜皇后,杀死大批忠臣,还横征暴敛。对此,比干当面痛斥其罪行,劝其悬崖勒马,改过自新。但刚愎自用的纣王,受不了如此大辱,于是瞬间翻脸,叫人把比干肚子剖开把心剜出,一代贤臣死于非命。

杀死比干后,恼羞成怒的纣王仍不放过比干,还下令诛灭九族。比干夫人陈氏是位贤能的女人,她发现情况不对,当即携带两个儿子及大儿媳、家丁族人连夜出逃。

逃亡中,陈氏为了不让纣王将比干家族赶尽杀绝,她将逃亡人员分成两股,自己仅带上大儿子及身怀有孕的大儿媳和一亲丁

躲进牧野的长林山中的石室，其余的让小儿子率领，朝洞庭湖畔的古荆州方向逃命。纣王派出的兵丁，很快打探到了消息，沿途朝小儿子率领的人马追赶而来，大家在逃亡中死的死、亡的亡。

最后，逃亡队伍只剩小股人员，在一位姓殷的亲兵带领下，逃到了安乡县北部的一个叫槐树村的小村子里。这个殷姓家丁武艺高强，十分忠心，为了确保比干小儿子性命，他将比干小儿子改名换姓为殷，带在身边，卖艺维生，并为他娶妻生子，在槐树村隐姓埋名生存下来。

世上没有不透风的墙，过了很长一段日子，纣王在朝中听到了传言，比干小儿子已改名换姓为殷，在湖湘一带槐树村隐居，于是，纣王立即选派两名兵丁赶往安乡槐树村，打探消息，摸清情况，他要劫杀比干后人，以绝后患。

两兵丁乔装打扮，连夜追赶，行至洞庭湖畔的澧水河时，天色将晚，当时，时已隆冬，澧水回流，两兵丁只好沿着河岸寻找渡口，想连夜过河到达槐树村，几经周折，好不容易找到一条小船，为了早日完成打探任务，两个不谙水性的兵丁，惶恐地上了船。哪知道小船划出不远，一个浪头打来，手忙脚乱的兵丁顾此失彼，小船一下子侧翻在冰冷的河中。

正在此时，傍晚捕鱼收网的一对父子来到河边，看到了落水的兵丁，父子连忙跳入波浪翻滚的河中，一人一个将淹得奄奄一息的兵丁救起，并当即背回家中，喂食姜汤，帮助驱寒治疗。

两兵丁从鬼门关走了一圈回来，对捕鱼父子十分感激，在叩谢救命之恩时，向父子俩和盘托出了此行目的，并向父子俩打听比干小儿子后人殷姓家族的住处与下落。父子俩是老实的捕鱼人，他们与槐树村隔河而居，实在不知道比干小儿子后人下落，但告知两兵丁，祖祖辈辈生活在槐树村的人，有一个习俗，每年冬至前，家家户户都必须腌制"猫乳"（一种霉豆腐，也就是腐乳），这种"猫乳"制作后，冬至日那天，以瓦罐装好，挂在大门口，等待室外严寒冰冻，乳化成一种美味，"猫乳"上的霉点颜色，代表来年五谷杂粮收成好坏，味道越好，就预示来年的收成越好。因此，凡是冬至日大门挂着瓦罐的都是世居在此的本地人，如果没有挂罐子，就有可能是改名换姓为殷来此隐居的比干后人。

两兵丁打听到了准确消息，赶回朝廷汇报，纣王立即安排两兵丁率领大队捕快，在冬至日赶往槐树村，劫杀比干后人。

聪明的殷姓家丁时刻关注槐树村的风土人情和动向，当他知道兵丁落水和打听比干后人消息的情况后，也将比干后人大门上都挂上了罐子，制作起"猫乳"来，冬至那天，追捕兵丁来到槐树村搜寻，在整个村庄查看了一圈，发现所有的人家都挂着瓦罐，没有发现殷姓人，就回朝交差去了，这样比干后人免掉了灭顶之灾。

从此后，比干后人不敢姓殷，就把比在上、干在下连在一起组成一个字作为姓，又因为是罐子挂在门上，才免除抄斩的，就取罐音为"guàn"。

时光匆匆，斗转星移。今天生活在毕家垱的毕姓人已达 500 余众，还有很多散落在全国各地。因为"比"在上"干"在下这个生僻字，电脑里没有，给办证、办卡、外出交流带来了许多不便。现在，比干后人很多恢复了比干复姓，他们说：这样既可纪念祖先比干，也可省去生僻字带来的麻烦。

屏陵美酒与柳毅传书

熊长青

据说古时候的酒,以澧州的最好。古人将酒、澧两字同去水旁合为一字,故称好酒为"醴"。《尚书》载:"若作酒醴,尔惟曲蘖"。意思是说要酿造出澧州的好甜酒,惟有用最佳的酒曲来发酵。安乡县古称屏陵县,隶属澧州府,是有名的水乡。这儿湖水清澈,而又盛产一种特质的香糯米,香糯米发霉的不长芽,而长芽的又不发霉。发霉不长芽的粮食古称为曲,而长芽不发霉的粮食称为蘖。此种曲蘖就是古代最好的做酒原料,因此,酒澧又以屏陵所产为最佳。"曲米酿得春风生,琼浆玉液泛芳樽。"从古到今,屏陵美酒托酒澧之名早已名扬华夏。

关于屏陵美酒的民间传说很多,其中流传最广的是由《柳毅传书》中生发来的《柳毅饮酒成仙》的故事。

传说书生柳毅长安落第后,在泾阳遇上牧羊龙女,带了该龙女的信物去洞庭龙王处传书。按照龙女的指引,他千里迢迢来到了君山桔井旁,取出红丝带系上井旁的桔树,然后在树干上敲了三下,井水便沸腾起来,跳出了凶神恶煞的银甲武士,武士见一衣衫褴褛、疲惫不堪的穷书生,便吼道:"你是谁,来此何干?"柳毅说道:"小生柳毅,受三公主之托,前来面见龙王传递书信的。"武士眉头一皱:"泾阳宫何以有过这等仆役?"但见他持有龙女的丝带信物，又不敢怠慢，只得说："你跟我来。"柳毅跟随武士跳入水井，只听噗通一声，柳毅就像秤砣一般沉入井底。武士见状大怒："仙道身轻如叶，哪来你这个肉体凡胎！"说着提起柳毅掷出井口。

柳毅被抛在井口旁，如做噩梦悠悠醒来，思绪万千："大丈夫受人之托，忠人之信。我如此无用，当如何是好？"入井不成，他只得爬起来，拖着受伤的身体去另寻机缘。

柳毅沿着洞庭湖岸胡乱走去。走啊，走啊，一日接着一日，他从东洞庭，走到西洞庭，那日实在走不动了，便在湖边坐了下来，呆呆地望着茫茫湖水长吁短叹："龙女啊，龙女，你的信我是送不到了，就让我守在这湖边吧！"说着，说着，不知不觉躺在湖滩上睡着了。

柳毅不知睡了多久，睡梦中仿佛有一道沁人心脾的清香袭入鼻中，朦朦胧胧地觉得好舒服，不禁叫了一声："真香啊！"睁开眼来只见皓月当空，已是晚上。湖边不知何时停了一叶扁舟，舟上有一白发老翁，怀里抱着一个红色葫芦，正望着他微笑，老翁见他醒来，应着他的叫声，口里吟道："嫩寒锁梦因春冷，芳气袭人是酒香！"吟罢便说："相公，如此料峭春寒，为何横卧湖旁？"柳毅一听，不禁泪流满面。老翁忙说："哎呀，娃儿别哭，别哭，莫要未曾开言先有情，你知道吗，这儿是洞庭有名的酒乡——屠陵。来，来，来，老汉沽了一壶酒澧佳酿'屠陵春'，正好无伴，我与你一见有缘，相公可否上船一饮，与尔同消愁绪！"柳毅见老翁如此古道热肠，便欣然登船，一揖谢过老翁，接过葫芦便饮，一滴下喉，顿觉神清气爽，余味绵甜，连连称赞，早已忘乎所以，欲罢不能，一口气喝了个葫芦底朝天。酒儿喝完，才回过神来，一瞧，却不见了老翁。他望天，只见银河倒悬，他望

湖,只见静影沉壁,哪里有老翁的影子。柳毅惊叹不已,便大声呼喊:"老翁,老翁!"喊声惊动了湖中水鸟,扎棱棱一齐向东飞去,激起了满湖碎银。此时柳毅但觉船儿无风自动,就像一片枫叶,也朝着水鸟飞动的方向飘去。惊愕中忽然从水鸟的啁啾里传来了老翁的欢歌声:"屠陵春酒神仙造,一饮身轻如羽毛。有缘脱胎入洞庭,愿君永结丝萝好。"歌声一落,柳毅顿悟遇到了仙人,立刻望空跪拜,任船向东飞驰,即刻便到了君山。

柳毅上岛,再将丝带系上桔树,敲了三下。银甲武士闻讯出来,一看面前站着一个面如朗月,神清气闲的美少年,急忙问道:"相公何事?"柳毅答道:"将军不认识我了,我是重来给三公主送信的柳毅。"武士大惊,二话没说,带着柳毅重回井中,柳毅入水,只觉身似游鱼,畅快不已,走过之处,见浪分浪,就如御风驾云一般,顷刻就到了洞庭水晶宫,见到了洞庭龙王。

柳毅只因饮了"屠陵春"酒,才得以脱胎换骨成仙,顺利进了龙宫,完成了为龙女传书的重托,也才有了后来的钱塘君诛杀泾阳龙子,救出龙女与柳毅成婚的故事。所以民间又称"屠陵春"酒为"柳毅成仙酒"。故事传开,"屠陵春"酒就成了洞庭湖区婚姻嫁娶的必备礼酒,而且代代相传。青年男女在婚礼上喝交杯酒一定得用这种酒,而且夫妻行礼交杯时,司仪斟酒还要高唱改了词的神仙老翁的诗歌:

> 屠陵春酒神仙造,
>
> 一饮身轻如羽毛。
>
> 有缘交杯入洞房,
>
> 夫妻永结丝萝好!

金钩李胡子

谌天喜整理

在黄山头一带，流传着一位杨幺义军粮草统制官的传奇故事。此人姓李名勇，绰号"金钩李胡子"。他身高八尺，膀阔腰圆，满脸胡须，远看像一座星宿黑塔，练就一身"日行千里，夜闯八百"的轻功本领，威震江汉平原和八百里洞庭，是一位备受贫苦百姓深爱的奇侠义士。他不畏风险，多次救起遇风落难的船帮渔民；他惩恶扬善，多次制服欺行霸市的渔霸地痞；他不惧权贵，多次为长工、佃户讨回血汗工钱；他舍身入死，为穷苦船民夺回了谋生停船的潭州码头。由于他来去匆匆，很少人知道他的居住行踪。

一天他忙完军务，来到镇上的"油货王"店门前，和市民一起排队买"响饼"吃。就在此时，一位也在买响饼的年轻人一是出于对老人的尊重，二是出于好奇，要看这满脸胡子的老人怎么吃饼，于是放下响饼不吃，来到站队的胡子老人面前彬彬有礼地说道："胡子爷爷，我这里有刚买的响饼，请您一起品尝，不知您肯赏光啵？"只见胡子老人两眼圆睁，问道："你请我吃响饼？"年轻人答道："是的。"那胡子老人说了声好吧，就随年轻人来到店内，也不讲客气，就在餐桌旁坐下。只见他从怀里掏出一对金钩，把嘴上的胡子往两边一钩，挂在耳朵上，拿起响饼就往嘴里

送，不到一盏茶的功夫，把两盘响饼吃得一干二净。年轻人看得目瞪口呆，心想这老人年岁不小，进口力还这么强，看来非等闲之辈，又一想觉得刚才之举有些不当，马上吩咐老板，想换座摆宴请酒。胡子老人马上制止道："好了，酒就不必了，来杯茶吧。"年轻人吩咐，来一杯黄山绿茶。店小二赶忙上茶。胡子老人接过茶杯，一边品尝，一边说道："年轻人，你我萍水相逢，素不相识，你为何要请我吃饼？"年轻人闻言答道："胡子爷爷，我请您吃响饼，本意是看您年老，站队吃亏，再就是看您满嘴胡子是怎么吃饼的。"胡子老人哈哈大笑道："好小子，是个老实人，不会扯谎，这个我喜欢。"接着老人又问道："年轻人，你是干什么的？""黄山头福昌粮行做生意的伙计"。"做生意好，今天你请我吃响饼，我没有什么回报，要是日后在生意道上遇到什么风险，你就大叫三声'金钩李胡子我的干爹'，千万记住要大叫三声"。年轻人一听金钩李胡子，如雷贯耳，急忙跪地磕头，口里喊道："干爹，没想到您就是打富济贫、除暴安良、名震江湖的大义士金钩李胡子。"等他抬起头来时，胡子老人早已无影无踪。

事隔一年，年轻人随福昌粮行伙计运粮销售潭州，在洞庭湖中遇劫，正当危险之际，忽然想起响饼店拜干爹之事，不管有不有用，站在船头大叫三声："金钩李胡子我的干爹"。那知这一喊不打紧，把那帮劫匪吓得屁滚尿流，一个个下跪求饶："少爷恕罪，只怪小的们有眼不识泰山。"随即又把抢走的粮食如数归还装好，千恳万求，要少爷在大爷面前多说几句好话。无论这传说是真是假，但金钩李胡子这位义军英雄的故事在黄山头人的心中众口皆碑，颂扬至今。

大杨树的来历

孙万志

安乡县官垱镇的大杨树，据老人讲原名叫沙湾嘴，因一块地势较高的土岗凸出形似鱼嘴，使南北流向的一条小河到这里拐了个弯。为什么现在叫大杨树，这与一个传奇的故事有关。

话说明朝成化年间，有一鄢姓大户人家就住在这里。鄢府奴仆众多，家财万贯，有良田千顷。又仗势儿子在州府为官，鄢老爷横行乡里，欺压百姓，成为当地一霸，周围乡民都敬而远之。鄢家有一千金小姐鄢金玉，系鄢老爷小妾所生，此女不仅长得花容月貌，而且聪明伶俐，从小跟着哥哥在私塾旁听，也算熟读诗书。与父亲相反的是此女心地善良，为人恭谦，知书明理，只是长期被专横的鄢老爷锁在后府花园的绣楼刺绣，养在深闺，无人知晓。

离鄢府北五里是潘家垸，住了二百多户潘姓人家。潘家世代务农，其族人共同筹资让族里聪明的男子识字念书。希望将来也能博取功名光宗耀祖，或有朝一日脱离"脸朝黄土背朝天"的苦日子。族里有一老实憨厚的潘仁义，妻子生下一对双胞胎儿子后不久就病死了，潘仁义含辛茹苦地拉扯大两个儿子，分别给他俩取名文曲文星，心愿俩小子日后像下凡文曲星那样定将功成名就。

　　一晃十多年，孩子长成少年。可老大潘文曲偏爱舞枪弄棒，后跟一云游四方的高人学道去了。聊以自慰的是老二潘文星，颇有读书天赋，经他读过的《百家姓》、《千家文》、《四书五经》均能倒背如流，如数家珍。不满十八岁就已高中秀才，被潘家族人寄予厚望。

　　潘文星能有如此成绩，除天资聪明、勤奋好学外，还有一点大家不知道的秘密就是鄢金玉对他的帮助和鼓励。潘文星和鄢金玉相识于五年前的仲春时节。少年潘文星和几个同伴读完书后在田野放纸鸢，正在兴头上，忽然不知从何处卷来一股旋风，线就断了，纸鸢失去控制，飘飘荡荡向南飞去。急了眼的潘文星抬脚就追，当看到纸鸢落到一围墙后的花园内，他想也没想，顺势就攀上了墙边的一棵大杨树，准备偷偷跳进花园捡回再悄悄离去。谁知刚上墙头，忽然听到一女孩银铃般的读书声，当时他十分惊奇。攀上墙头的文星和正在鱼池边朗诵诗书的金玉恰好四目相遇，一下子就愣住了，相互都呆呆地看了好久……

　　自此后，两人就成了朋友。鄢金玉知道潘文星也是读书人后，谈论的话题和兴趣则更加紧密了。金玉听文星讲述外面精彩故事成了她被父亲关在绣楼排遣孤独寂寞的慰藉。只要每次听到熟悉的柳哨，鄢金玉就知道是谁来了，西墙头那棵大杨树就会出现她所盼望的笑脸和矫健的身影……耳鬓厮磨一下午后又悄悄从那株大杨树攀沿而去。就在那成长的岁月里，墙边那棵大杨树成了他俩约会相见唯一的桥梁。潘文星翻阅了鄢府所有藏书，增长了不少知识。从青梅竹马的金童玉女到如今的才子佳人，两人早已互生情愫，私订终身。

　　而封建时代，男婚女嫁，都是父母包办的。鄢金玉也一样，从小被鄢老爷许配给县城里的富家子弟。今年金玉刚好二八芳龄，男家早已来提亲说媒，就等吉日迎娶新娘。金玉深知专横残暴的父亲一向嫌贫爱富，决不会轻易答应自己和潘家的婚事。为追求自由的她决定冒险一试，和潘文星悄悄约定，趁上京赶考时自己也带上金银细软，学汉朝卓文君和司马相如一样私奔离家。

一切都筹划得天衣无缝，文星和金玉也顺利逃离了家门。但遗憾的是从未出过远门的千金小姐仅靠一双小脚又怎能逃得很远呢？就在俩人刚过黄山头不久就被快马赶来的家丁捉了回去。暴打半死的潘文星被怒火中烧的鄢老爷沉塘处死，还逼着他父亲拖着儿子的尸体游乡示众。只是可怜了忠厚老实的潘仁义突遭飞来横祸，眼睁睁看着心爱的儿子陈尸眼前，惊惧得一时间肝胆俱裂，没过几天遂也投水而死。一直被关押在屋的金玉知道了这一消息后顿时万念俱灰，也在一个漆黑的夜里用几尺白绫在西墙边的那棵大杨树下结束了自己年轻的生命。

大约一个月后，在外学道多年的潘文曲突然回到家里，了解了一切情况后，他跪在父亲和兄弟的坟前痛哭了一场，随后不知所终。

只是当天晚上，发生了一件十分恐怖的事。那是一个伸手不见五指的夜，乌云密布，风雨交加。惊雷从远而近，由稀而密，象千军擂鼓一般在鄢府上空轰隆炸响。闪电发出万道诡异的白光，恨不得把阴沉的夜幕划成碎片。当时四野狗声狂吠，家畜家禽嘈杂不安，小孩哭闹不停，人们惊慌失措。不知从哪里咆哮而来的滔滔洪水奔腾到沙湾嘴后把那一块凸出形似鱼嘴的土岗强行席卷而去，伴随着撕人心肺的呼喊声，直到无影无踪……

天亮后，大吃一惊的人们发现沙湾嘴鄢府早已不复存在，完全遭受了灭顶之灾。原来的小河被此次洪水拓宽了三百多米，成了一条大河。东边与之相连的陆地被冲开形成一条新河道。沙湾

嘴只剩下一小块河洲孤零零地立在河道之中。令人惊奇的是鄢府后花园西墙边那棵大杨树却未被摧毁，在整个土岗都被洪水扫荡过后，残留的这棵大杨树倒更显得独树一帜，雄伟挺拔。

洪水过后，田园一片泽国。鄢氏后人迁移到东边的高洲上筑垸居住。以前的沙湾嘴成了潘鄢两姓人家的禁忌之地，被荒芜了好多年。只有那棵大杨树历经风雨，日晒夜露，仍旧枝繁叶茂、郁郁苍苍。直到民国初，大杨树被雷击毁，最后仅存树桩。历尽沧桑的大杨树，人们以凄美的故事根植心里，并以此树命名地名留传了下来。

叫花子山的来历

韩霆整理

安全乡槐树村一组，有一块高出四周三、四米，面积达十万平方米的台地，当地人称之为叫花子山，山上长满了荆棘和尽是结巴的堂岗树。

相传很久以前，这里住着一个叫花子，人称神告。叫花子既穷又懒，衣衫褴褛，食不果腹，每天睡到太阳偏西。睡醒了就出去挨家乞讨，或偷鸡摸狗。这样日复一日，月复一月，年复一年，叫花子过着自在、慵懒、穷困的日子。

一天，叫花子突发奇想，想当农夫。农夫虽然缺吃少穿，但还能勉强度日。但是没有田种呀，到哪里去搞田呢？他便到玉皇那里去奏请，求玉皇赐他百担田。玉皇看到叫花子想自食其力，就爽快答应了他的要求。不久，他对种田渐生厌恶，因为每天风吹雨淋日头晒，面朝黄土背朝天，于是他不想种田了，想当一个有权有势的官。他又去奏请玉皇，玉皇又满足了他的要求，他如愿当上了一个州官。叫花子做州官后，经常断案典刑，收税赈灾，还被皇帝管着，十分不自在。他便又到玉皇那里去奏请，想当皇帝。玉皇又准了。叫花子当上皇帝后，每天都有大小臣子朝拜，办不完的国事，阅不完的奏折，还被后宫纠缠不清，很是烦恼。当他看到天上的白云悠悠飘飘时，就想做一朵白云，无拘无束、无忧无愁地飘荡。他又去奏请玉皇。玉皇又答应他做一朵白云。一天，一阵狂风吹来，把白云吹到山顶上，险些被一只青蛙吞掉了，他吓得又跑到玉皇面前，求玉皇让他变成一只青蛙。玉皇又答应了。他变成青蛙以后，在水中悠闲玩耍，突然窜出一条大蛇，吓得他魂不附体。他又跑到玉皇那里要求变成一条大蛇。玉皇又一次答应了他。一次，他在水中自由自在地游玩，差点被一个叫花子捉住了。他急忙跑到玉皇那里求救。玉皇长叹一声说："你呀你，硬是稀泥巴糊不上壁，你只能配做叫花子，无论你要做什么，都逃脱不了叫花子的命运。"从此以后，神告再也不想入非非了，一心一意当一辈子的叫花子。他死后，就葬在那块台地里，后人便把这块台地叫做叫花子山。

李公堰的传说

伍月凤

　　李公堰原是安乡县安障乡中部的一处浅滩湖泊。说起这李公堰的由来，当地流传着"四十八户李家，吃个翘鱼尾巴"的传奇故事。

　　相传，很久以前，洞庭湖烟波浩渺，一望无垠。后来，湖边泥沙慢慢淤积，形成一块块小平原。肥沃的土地吸引了李、周、许、龚、张、杨等族人聚集这里耕种、生活。其中，四十八户李姓人家，就有一百多号人。

　　有一年，天下大旱，骄阳似火，大小河塘干枯，洞庭湖也渐趋干涸。湖边方圆数里，焦金烁石，草木枯萎，百姓困苦不堪。

　　这一年，李氏圣公的儿子娶了个新媳妇。新媳妇过门第三天，按当地规矩得做家务，展示厨艺。一大早，李氏圣公交给新媳妇一担水桶，吩咐她去挑水做饭。新媳妇挑着水桶，穿过几处干涸的塘坝，翻过几座光秃的山坡，直走得眼冒金星，口干舌燥，才终于在山谷深处，发现一条深沟，深沟里有些许清水。新媳妇拿出水瓢，将水舀进水桶。突然，她发现舀进了一条小翘鱼，这翘鱼在水沟里还小小的，到了水瓢，眨眼间就与水瓢一般大。新媳妇大为惊喜，将翘鱼倒进水桶，只见那翘鱼见风长似的，瞬间又挤满了整个水桶。因为大旱，新媳妇正"巧妇难为无

109

米之炊"而犯愁，得此大鱼，想到能为婆家做一顿大餐，新媳妇心花怒放，忘了劳累与炎热，挑着水桶一口气跑回村里，将水与翘鱼一齐倒进家中水缸。这鱼进得水缸，"哗啦啦"一阵蹦跶腾跳，竟变得比水缸还大，尾巴都翘出了缸外。众人看见，都惊呆了。李氏圣公喊来几个彪形大汉，大家七手八脚，费了九牛二虎之力，将翘鱼捉出水缸。只见这翘鱼挣扎落地，一沾地又继续猛长。

"这么大的鱼，不如炖一锅吧！自从大旱，好久没有吃过鱼了！"有嘴馋的人垂涎建议。

"这鱼太神奇了，吃了会不会有事？"有胆小的顾虑重重，心生畏惧。

"它再神奇，也是离了水的鱼，还能怎样？放心，吃就是了！"有胆大的不想放过到嘴的美食，一番话打消了众人的顾虑。

"我去搬一口大锅。"旁边的人早按捺不住，纷纷搬锅、架灶、添水、生火，一起忙乎起来，只等水开煮鱼。

李氏圣公拿来一把大刀，剁下大鱼尾巴，只这一节鱼尾巴，就煮了满满一大锅。

村民们过节似的开心，围着大锅，你一碗我一碗，吃得津津有味，直吃到肚皮溜圆，挪不开步。村民中有个人称"癞子"阿刚的，想着家中的瞎眼母亲行动不便，赶紧又装了一大碗，拿回家给母亲也大饱口福。

李氏圣公的老婆胡氏，向来吃素，大家吃鱼，她只静静地在家纺纱。正纺着，家里的一条大黑狗突然闯进房来，叼起胡氏纺的纱团就往外跑，胡氏连忙起身去追。

追到半路，正碰到癞子阿刚送完鱼折身回来继续看热闹。癞子一见阿婆追狗，也热心地帮忙去追。俩人眼看就要追上了，狗却拼命加快了速度；他们喘着气不想追了，发现狗也慢了下来，于是不甘心继续又追，狗却叼起纱团又跑。就这样，人追，狗跑，人慢，狗停，追追停停中，追到了西边的一座山上，狗才放下嘴里的纱团，冲着他们"汪—汪—"直叫。胡氏气喘吁吁地捡起纱团，刚要转身回家，就听到身后一声巨响，伴随着地动山摇。她转身一看：远方的村子，在山崩地裂后的漫天尘烟中逐渐陷落，远远地传来村民的哭喊声。癞子一见，想起家中的母亲，急忙往村子跑。跑出没多远，癞子的脚下，也塌陷成坑，癞子消失在了深坑之中。随后，从深坑中涌出阵阵浊浪，不久，浊浪滔天，汹涌澎湃。浪涛中，一条断尾翘鱼时隐时现，旁边还有虾兵蟹将成队护送。

原来，这翘鱼本是洞庭龙王的外甥，在去龙宫做客的路上，遇上大旱受阻，无奈化作小鱼藏身小沟以保性命，却不料遭此厄运。龙王派人寻找发现后，龙颜大怒，神威发作。四十八户李家，一百多号李氏族人，只因贪吃翘鱼，便消失在这浊浪之中，付出了惨痛的代价。

后来，人们便把这塌陷的大坑叫李公堰，旁边的小坑叫癞子湖。

珊珀湖的传说

马学定

"珊珀湖李家,吃翘鱼尾巴,沉三百人家。"

听老人说,每逢恶风莽雨之夜,珊珀湖的湖底鸡鸣狗叫,人声鼎沸,要是蹲在湖边,还听得到推碾子的声音。又说,很久很久以前,珊珀湖不是一个湖,这里住着三百户人家,还是一个热闹的集市呢!那又为什么变成了一个湖呢,这里还有一个传说呢!

说不清是哪一个朝代,这里是住着三百户人家的李家圩,圩中心住着一个老财主,他家经营渔行、绸缎庄,家财万贯,但为人刻薄,人称"李鸡屎"。"李鸡屎"有三个儿子,老大掌管绸缎庄,老二管理渔行,老三是花花公子一个,家里的事儿从不打理,整天在外吃喝嫖赌,是一个地地道道的败家子。

老三的妻子是李家的童养媳。童养媳心灵手巧,纺纱织布,挑花绣朵,泡茶煮饭,浆衣洗裳什么都学,一学就会。可是李家欺童养媳无依无靠,家里的粗活重活都推给她做,饭不让她吃饱,衣不让她穿暖,狠心的公婆还时常打骂她,她受尽了折磨和煎熬。

一天清晨,还没天亮,天空下着蒙蒙细雨,渔行门外传来阵阵的卖鱼声。朦胧中,一位衣衫褴褛的枯瘦老头在渔行外来回不停地转悠着,叫声传到渔行内,李老二把头从窗内伸出,叫住了卖鱼的老头，急忙忙打发妻子开了大门。"啊！好大一条翘鱼。"李老二妻子惊叫起来说。二话没说，李老二妻子就把老头连哄带骗拉进了渔行。李老二还没与老头谈价，就将鱼抢过来倒进鱼池。老头儿说道："老板，还没过秤呢！怎么就倒进池里了？"李老二说："过秤！老子收鱼从来不过秤！"说着随手拿了一文钱给了老头，还没等老头反应过来，就把他推出了门外，任凭老头叩门要钱，硬是没回音，老头摇摇头，消失在风雨中。

天亮后，渔行也开门了，李老二叫来了老财主，老财主朝池里一看，真的好大一条翘鱼！心里美滋滋的，喜坏了老财主，一转身拿来一把菜刀，三下五去二就把鱼尾巴剁掉了，家里的人都涌进屋来，涮的涮锅，烧的烧火，不一会儿，鱼尾巴弄熟了，你一筷我一筷，一直吃到肚子没地方装了。

可这时的童养媳哪里知晓？她孤零零地一人还在纱房里纺纱，只有小花狗与她为伴。此时，门外雷声隆隆，大雨倾盆，突然间小花狗紧紧咬住童养媳的棉锭子，拼命地往门外跑去。童养媳见小花狗咬走了棉纱锭，急匆匆地跟着小花狗赶了出去。跑啊！跑啊！一直跑上了圩外的大堤土堆上，小花狗停下来了，童养媳停下来了，狂风暴雨也停下来了，等童养媳回眸一望时，堤下已是汪洋一片，三百户人家的李家圩，淹没在汪洋中……

在安乡地图上可以看到，珊珀湖的形状真有点像翘鱼尾巴，珊珀湖北面的石龟山，传说就是童养媳追上小花狗回眸一望的大堤土堆，石龟山上小花狗的蹄印和童养媳的脚印还依稀可见。

难怪六七十年代在珊珀湖周围居住的村民在围湖造田时，偶尔会挖出像茶具、酒具一样的器皿，只是人们当时没有文物保护意识，无法考证。后人因"三百户"与"珊珀湖"谐音，故称此为珊珀湖。

六角尾的来历

王月娥

　　六角尾，位于安乡县下渔口镇，是昔日有名的渔市码头。

　　这里，绝大部分村民的祖辈以打鱼为生，是地地道道的渔民。如今，老一辈六角尾人只要一说起六角尾，脑海里便免不了浮现出上世纪四五十年代繁华的渔埠景象，洲上渔市热闹；洲外、洲湾里鱼儿也热闹：银鱼、小河虾、麦穗鱼、沙塘鳢、刺鳅、黄颡鱼、鳡鱼、赤眼鳟、鲫鱼等各种常见鱼应有尽有；青、草、鳙、鲢四大家族多而肥美；黑鱼、黄鲇、桂花鱼等上色鱼也杂生其中，不算奇物；就连长江里的一级珍奇江豚也时有跃于河中。真是"鱼游河港不择水，处处鳍鳞涌碧波"。

　　传说，很久很久以前，这里是一片浩瀚的水域，隶属于洞庭湖。相传，水底有两条龙。公龙体形庞大，睛如灯笼，爪如利钩；母龙身形秀丽，全身金鳞，熠熠生辉。两条龙在湖中栖息了数百年。它俩感情甚笃，同出同没，如影相随，惺惺相惜，形如一对恩爱夫妻。

　　浩淼无边的洞庭湖，清波漪浪，是公龙和母龙休养生息的好去处。每天，但见两条龙晨出暮息，在湖中戏水游玩，无忧无虑，好不惬意。

　　公龙和母龙虽然身体庞大、威风赫赫，但它俩以浮游生物和露水为生，从来不伤害水中鱼类，还主动邀请鱼类和它俩一起嬉戏。它们的善良、友好，引来了成千上万的鱼类和它们在一起玩耍。它们时而结队远游，时而跃水欢腾，时而呷波戏浪。偌大的洞庭湖，成了它们欢乐的家园。

湖中鱼儿成群结队，煞是乐坏了两岸渔民。渔民纷纷驾船到洞庭湖捕鱼，日日满载而归。湖中鱼儿们眼见着同伴被密集的鱼网捕获，被锋利的鱼叉刺中，被硕大的搬罾搬出水去，惶惶不可终日。

母龙看在眼里，痛在心里。一个漆黑的夜晚，母龙跃出湖面，在湖的上空奔腾。刹那间，狂风骤起，巨浪翻涌，吹断了桅杆，掀翻了渔船。母龙又跳进湖里，狂奔乱跳，撞烂了鱼网，咬断了鱼叉，撕碎了搬罾。她满身的金鳞被渔船撞掉了，鲜血汩汩，血流不止，但还是咬着鱼网不松口，吞着鱼钩往肚子里咽……由于鱼网、鱼钩等渔具不能消化，不久，母龙死了，沉入到湖底淤泥里。

公龙经受不住母龙突然死去的打击，悲痛万分。它翻动巨身，兴风作浪，潜入湖底，钻泥拱土，寻找母龙。但无论它如何仔细搜寻，始终没找到它心爱的母龙。七七四十九天后，心灰意冷、绝望的公龙一头撞向水中沉船。顿时，它的鳃裂了，尾巴也断了，碎成了六块立于湖中。天长日久，河流夹带的泥沙受六块竖立的尾片阻隔，便慢慢堆积成了六个洲。

一天，掌管洞庭湖的神仙巡湖到此地，看到这六个形如鱼尾的洲，一时兴奋，高声喊道："六一个一尾。"

不曾想，神仙的这一呼喊，被两岸的渔民听到了。因为"六个尾"与"六角尾"谐音，大家就把这六个洲叫作"六角尾"。从此，"六角尾"的名字便叫开了，并一直流传至今。

张家湖的才鱼精

孙万志

张家湖位于深柳镇官保社区，原名叫草鲤湖，因湖中盛产草鱼鲤鱼，且肉鲜味美而名噪一时。后改名叫张家湖，这缘于一个传说。

话说很早以前，草鲤湖马家是当地有名的大财主，其他户主都是他家的佃户。马家先人行医，勤俭持家，几代下来，已成了殷实人家。传至马天富时，依靠祖宗家产，收取田租，仍是富甲乡里，显赫一时。马天富从小蛮横无理，好勇斗狠，欺压乡民，又仗势小舅子在衙门当差，强行霸占了草鲤湖，当地人是敢怒不敢言。

马天富在中年之后喜得儿子马宝玉，出生那晚，风雨大作，电闪雷鸣。雷电把村里一棵大槐树也劈成了两半，烧得乌漆焦黑。更凑巧的是在同天夜里，有张田二姓也各自出生了一男一女，男孩叫张阿贵，女孩叫田小雨。

六岁时，玩耍的几个孩子在野外不知摘吃了什么东西，导致阿贵和小雨突然不能正常说话了，变成了两个小哑巴，只有马宝玉安然无恙。马天富怕孩子再出意外，就把马宝玉送到城里去读私塾。

一晃过了十多年，阿贵从懵懂少年长成了结实粗壮的小伙，小雨也妙龄十八变，成了方圆数十里的哑巴美女。一天傍晚，两

116

人约好到草鲤湖边砍柴，中途小雨说要去小解一下，可阿贵砍完柴后她也没有回来。当时天色已晚，阿贵在周边找了一圈也未见人影，便挑上芦柴匆匆回家了。等阿贵领着小雨家人带着灯笼火把回来找到小雨时，则看到小雨头发凌乱，赤身露体，躺在离他们砍柴约两里的湖边芦苇丛中，早已气绝身亡。正在家人号啕大哭之时，马天富带着两个家丁气势汹汹地扑将上来，抓住张阿贵就是一顿狠揍。可怜不会说话辩白的他哇哇吐了几口鲜血后，奋力挣脱了两个如狼似虎的家丁，一转身就冲进了茫茫的黑暗之中。马天富气急败坏，一面吩咐家丁去追，一面现场演说了他铁定的证据和很多的理由。等到返回的两名家丁向他报告说阿贵已被他们追得走投无路投草鲤湖自杀的消息后，才装模作样对着小雨的家人挤了几滴眼泪悻悻离去。

马天富及时出现在现场不是偶然，事情还得从马宝玉说起。自打进了城，开始几年还好，后来和一帮地痞流氓混熟后，那是吃喝嫖赌，无恶不作。最近几天他又输了不少钱，被债主所逼，今日回家准备央求老父给些银钱回去翻本，谁知走到草鲤湖边就与貌美如花的小雨碰了个正面。当时马宝玉恶念顿生，一看四下无人，血气一涌就把小雨拖入芦苇丛中奸杀了，悄悄潜回家后径直就跪在父亲面前一五一十地说了。马天富听得是又惊又怒，但他没有责骂儿子，当他知道宝玉此次回家没人看见时，便眼珠一转，吩咐家人赶快给儿子备足银钱，坐上老婆的轿子，连夜秘密送宝玉去了县城，于是就出现了前面捉打张阿贵的一幕。现阿贵投水身亡，已死无对证，达到了他先前谋划的嫁祸于张阿贵的结果，事情真是做得天衣无缝。

再说张阿贵投水之后，一连七天七夜，风雨交加，雷鸣电闪。阿贵的母亲在湖边哭瞎了眼，他的尸首也一直没有找到。但

事后不久就发生了一件怪事。马天富有一下人每天到草鲤湖垂钓，做他喜欢喝的鲤鱼汤。那天从他下钩开始，拉上来的却是一条两斤左右的才鱼。取下才鱼放入湖里，再次拉上钩的又是那条才鱼。如此反复了几次，最后无奈只好带回家去。厨子拿刀刮鳞剖腹时，那才鱼滑的很，游动在桶中任谁也捉拿不住。有人主张把才鱼倒入热水铁锅中烫死再杀，谁知才鱼到热水铁锅里后，反而游得更欢，并且越长越大，不一会那大铁锅都盛放不下了。这时，天空中阴云密布，突然狂风大作、雷声轰轰。那才鱼瞬间跃身而起，仰头张开嘴巴，喉咙里发出哇啦哇啦一阵怪响，就喷出一口大火，马家房宅随即淹没在一片火海之中，家人哭爹叫娘吓得四处奔逃，马天富在那片火海中被烧得尸骨无存。后来据城里来的人说他儿子马宝玉也在那天夜里被雷给劈死了。

随后几天，惊魂未定的左邻右舍都有些害怕起来，不管白天黑夜，人们都能看到那条才鱼精在草鲤湖来回游弋，时不时卷起巨大的漩涡，有时嘴里哇啦哇啦还会发出奇怪的声音。草鲤湖的水早已被它搅漩得混浊不堪。湖面上空，密布的乌云笼罩着整个湖水，显得如此诡异而又令人恐惧。

大家就这样心惊胆颤过了一月有余。一天，一位从北方云游到此的张姓道士路过，当即感觉这里气场不对，又见村里人个个惊慌失措，知道此地一定出了不同寻常的事情，问清原委后，张姓道士遂决定在此多留几日，化解隐患。主意一定，张姓道士便吩咐人把全村人都叫来，说要作法帮大家收伏才鱼精，村里人听说来了有道高人，都将信将疑陆陆续续赶了过来。张姓道士等全村人到齐后就开始画符打卦，把事情原委一一告知村民，替张阿贵洗清冤屈。并告诉众人，草鲤湖的才鱼精就是张阿贵冤魂的化身，因死者生前蒙受了不白之冤，在世不能开口辩白，所以凝聚在草鲤湖的冤魂之气无法消散。于是众人在湖边搭建了一座三丈高的法坛，下面燃起薪火。张姓道士每天在法坛上挥剑作法，画符焚香，借来昆仑山的雪雨冰风化解，借来九天之上的琼露甘霖播洒，直到七七四十九天后，草鲤湖终于回归到了原来的水碧山青，天空也重现出久违的蓝天白云。张姓道士见大功告成，便告辞作别云游四方去了。

风平浪静后的草鲤湖，人们就再也没有见到那条才鱼精了，只有草鲤湖的鱼，美味依旧，人们终于可以欢声笑语自由自在在草鲤湖撒网捕鱼了。后人为感谢张姓道士带给大家的乾坤净土和清平世界，又因草鲤湖和张家的深厚渊源，遂改名叫张家湖，天长日久，这名字便流传了下来。

天后宫的传说

李章甫

深柳镇的南门口在晚清时期由福建商人修建了一座天后宫，这既是祭祀海神娘娘（即妈祖）的场所，也是福建会馆驻地。说起天后宫，还有一段传说呢！

话说武夷山东侧有个岳家庄，世代经商，颇有家产，泉州城内设有多家客栈和商号。且说有个叫王大川的安乡籍商人常落脚岳家客栈，与岳家兄弟中的江海交上了朋友。岳家凭借雄厚的家底，想将商务扩展到洞庭湖畔，大川也想借机发财，两位雄心勃勃的年轻商人一拍即合，说干就干，很快就组织了一大船货物。临行前到妈祖庙祭祀，祈求平安，并请来一尊妈祖塑像，置于船后舱供奉。

第二天，岳、王两位踌躇满志，扬起岳字风帆，乘风破浪，沿长江向洞庭湖进发。刚进洞庭湖时，只见晴空万里，风平浪静，岳、王二位昂立船头，欣赏洞庭湖壮丽无比的自然风光。突然，王大川大惊失色，指着远处道："你看那儿白浪滔天，漫天翻滚的乌云正向我们狂奔而来。"他话音刚落，就见狂风大作，浓云密布，船工招呼大家进舱躲避。天暗下来，如同漆黑的夜晚。好像有满湖的冤魂在躁动、呼喊，他们正化作厉鬼，化作千军万马从远处杀奔而来。船在剧烈地摇晃，岳字风帆已被狂风撕裂，满船的恐怖，恍如世界末日。这时一道妈祖身影从后舱走出，立于船头，射出万道金光，但很快就被黑暗吞没。海神娘娘使尽浑身解数，仍不能摆脱当时的困境，风仍在呼啸，浪仍在怒吼，失去控制的商船，只能任凭风浪戏弄。危急时刻，只见海神娘娘将一个金色的宝物抛向空中，发出求救的信号。

却说洞庭王柳毅和水神杨幺正在沿湖巡察，商讨确保洞庭湖平安的大计，忽见北方风云骤起，又见海神娘娘求救信号，知道必有大事发生，自然急匆匆赶来。杨幺远远望见那破乱的岳字大旗，知道这可能是自己的属下所为。原来，杨幺领导的农民起义军就是因岳飞的镇压而降下帷幕，这无数杨幺义军的冤魂就与岳家结下了不共戴天的仇恨。只见杨幺将令旗一挥，顿时云开雾散，风息浪静，洞庭湖又现出那迷人的景色。从此洞庭湖上谁也不敢再挂岳字风帆。

经历洞庭湖上惊魂一幕的岳江海，一到安乡，就开始筹建天后宫，以此感激海神娘娘的救命之恩。

三件宝物

廖可夫整理

很早的时候，黄山头南坡有一个叫诚实的人，他非常勤劳，每天上山砍柴，维持自己的生活。

一天，他上山去砍柴，一个白发苍苍的老头走在他的前面，提着很大一个包，歪着身子，像提不起的样子。诚实看到老头那样子，大声喊："老爷爷，老爷爷，我帮您提……"老头像没有听到，诚实跑着喊"老爷爷"，老头也朝前跑。跑着跑着，老头的包掉了，也不回头捡。老头跑到山脚下坐着。诚实拣着他的包，跑到山脚下，笑嘻嘻地对老头说："您老人家打开包，看看不见东西没有？"老头说："我相信你不会要我的东西。怎么感谢你？你需要什么呢？"诚实说："我每天上山砍柴，只要吃的。"老头给了他一条毛巾，告诉他念："要吃的东西，来、来、来……"还交待他："遇到困难，就到山脚下找我。"

诚实记住口诀，拿着毛巾便走。走呀走呀，太阳落土了，需要找个饭店投宿。他走进一个饭店，店老板问他吃不吃饭。他说："我有饭吃，只在你这里睡觉。"店老板惊奇地说："你没带饭，怎么有饭吃？"诚实老实地告诉了他。店老板说："你弄给我看看。"诚实念了口诀，真的来了不少的鱼、肉、鸡、饭，摆满了一桌子。店老板暗暗记了口诀。到了半夜，老板把诚实的毛巾偷换了。第二天，诚实拿着店老板的毛巾，再也念不出来吃的东西了。

诚实没法，只得到山脚下找老爷爷："老爷爷，怎么这条毛巾念一次还灵，念第二次就不灵了？"老头不回答，只问诚实："你这次又要什么？"诚实说："我要穿的。"老头给了他一截短麻索，告诉他念："要穿的东西，来、来、来。"诚实记住后就走了。走呀走呀，太阳落土了，诚实又到上次那个店老板家里投宿。店老板端茶倒水，又问诚实吃了饭没有，诚实说："没有吃饭。"店老板端饭给他吃，然后问诚实："你这次找老头，又给了你什么东西？"诚实又一五一十地告诉了店老板。半夜里，诚实睡熟了，店老板又用自己搓的一根同样长同样粗的麻索，将诚实的麻索换了。

天刚亮，诚实拿着麻索念口诀，念不来衣服了。他只得再次去找老头："老爷爷，你的麻索也只能念一次，第二次念就不灵了。"老头不回答，只问诚实："你这次又要什么？"诚实回答说："吃的、穿的都要！"老头给了根一尺长的小棒，诚实接过棒就走了。恰巧又走到那个店老板家，天就黑了。他还是在那里投宿。店老板非常热情，笑嘻嘻地问："这次老头又给了你什么？"诚实告诉了他。店老板看了木棒，准备趁诚实睡熟后换掉它。到了半夜，诚实睡熟了，店老板轻手轻脚走到床前，拿着诚实的木棒。说也怪，木棒不停地打着店老板的脑壳，打得他大砣夹小砣，唉哟喧天，只喊救命。诚实惊醒了，立即去抢木棒，可是木棒偏偏不停地打店老板，直到店老板把换的毛巾和麻索都还给诚实后方才停止。

王二讨工钱

易继珍整理

　　从前，槐西垸有个姓王的地主，人称王狡猾，他想方设法剥削穷人。王狡猾的隔壁，有兄弟俩，一个叫王大，一个叫王二，忠厚老实，家里很穷。

　　有一天，王狡猾装出一副关心的样子对王大、王二说："你们两兄弟，没有多的事做，把一个帮我做长工，只要拿得我的工夫下来，每年给你们十二石谷子的工钱。"王大听他这么一讲，就接受了。搞了一季工夫，王大要支取三个月的工钱。王狡猾说："你帮我到屋上种两垄包菜，种好了，我给你付工钱。"屋上怎么种包菜呢？王大没办法，三个月白做了。到了六月，王大要支第二季度的工钱，王狡猾要王大把牛搁到树上歇凉。王大怎么把牛弄得上去呢？第二季的工夫又白做了。到了三季度，王大又要支工钱，王狡猾又要王大把远处的田移到近处来。王大无法，又未得到工钱。到了年终，王大要结工钱回去过年，王狡猾又说话了："你吃碗屎以后，就给你工钱。"屎怎么吃得呢？只好忍气吞声回家。

　　回到家里，王大睡在床上痛哭流涕。王二看到哥哥这个样子，问到底是怎么一回事。王大将上述经过告诉了王二。王二安慰哥哥说："你不要难过，我明年帮他搞一年，连你的工钱一起要回来。"王大再三叮嘱弟弟不要上当。王二要哥哥放心，他接着就跑到王狡猾家里："王伯，我明年来帮你做工，但有一个条件：我拿得你的工夫下来，连我哥哥的工钱一起要。拿不下来，一文不要。"王狡猾听了非常高兴，又想拿对付王大的一套办法来对付王二。

　　过了第一季度，王二要支工钱，王狡猾又要他到屋上种包菜。王二就拿起锄头到屋上打瓦。王狡猾问王二为什么打瓦，王二笑嘻嘻地说："瓦不打细，包菜是不会生的。""算了算了，包菜不种了，不要把瓦打烂了。一季度的工钱给你。"过了第二季度，王二去支工钱。王狡猾又同样要王二把牛搁上树歇凉。王二喊了很多人，用绳子把牛往树上拉。王狡猾看到牛会拉死，便说："你怎么搞的，我的牛会拉死呀！""王伯，这么大的一条牛，不多搞几个人，怎么搁得上树呢？"王狡猾怕牛拉死，便说："牛不歇凉了，我把二季度的工钱给你。"过了第三季度，王二又要支工钱，王狡猾又说，要把远边的田移到近处来了，才给工钱。王二又请了很多人，准备刀斧，要砍树。王狡猾问："你搞这么多的人干什么？"王二回答说："砍树。那么大一块田，不多砍些树，怎么抬得拢来呢？"王狡猾怕树砍光，只好把工钱付给了王二。到了年终，王狡猾要王二吃屎后才给工钱。王二就跑到厨房里洗锅烧火。王狡猾问他洗锅烧火干什么。王二说："屎不煮熟，吃了会生病。"王狡猾怕搞脏锅灶，只好说："王二，算你拿下了我的工夫，我把工钱付给你。"王二又讲："王伯，我有言在先，你的工夫我全拿下了，我哥哥的工钱要一并付给我。"王狡猾无法，只好将王大的工钱也一并付给了王二。

黑虎戏地主

阮秋梅整理

在安乡南部一带，流传这样一个故事。

从前，有一个地主成天想发财。他既想长工多干活，又怕长工吃得多。眼看要秋收了，他还没有雇到一个做活的。他急了，就贴出告示，专门雇能干活又吃得少的短工。告示贴出了三天，谁也不愿来。第四天，来了一个叫黑虎的小孩，只有十三、四岁，长得又黑又瘦又矮，地主看不中，可又没有别人，便吩咐先留下来，叫人端来饭菜让他吃。黑虎只吃了半个鸡蛋大的饭就放下筷子。地主问他怎么不吃了？黑虎故意打了一个饱嗝说："我吃不下了，只能吃这点。"地主一听，高兴得两眼都笑眯成一条缝了，他忙找了一把镰刀递给黑虎，说："西边地里有一块稻谷，你快去收割。"

黑虎满口答应，他走到稻田里，看到那一望无边的稻谷，心里想："我今天非捉弄捉弄他不可。"他举刀把一蔸稻谷割了一半，就到荫凉的地方睡大觉去了。

到了中午，黑虎回到地主家，地主问："割了多少？""一半。"黑虎爽快地答道。地主一听，非常高兴，忙吩咐人给黑虎加菜端饭。黑虎又只吃了一点点就忙着下田去了。老地主看到太阳偏西了，估计黑虎已经把稻割完了，就和老婆、家丁带几辆大车去拉。可到地里一看，稻谷一蔸也没动，黑虎却在看蚂蚁爬树。老地主气得七窍生烟，质问道："明明一蔸也没割，你怎么说割了一半呢？"黑虎指着那一蔸割了一半的稻说："那不是一半吗？"

老地主气得满地转，他命令家丁把黑虎吊起来打。黑虎一见地主要打他，忙说："我若献宝给你，你能饶我吗？"老地主本来很气，一听有宝，气就消了，忙问："什么宝贝？"黑虎说："那树上的喜鹊窝里有隐身草，要是哪个得到它，把它插在头上，不管做什么，别人都看不见。"老地主不相信，黑虎又说："这棵隐身草只有有福气的人才能得到，没有福气的人得不到，我没那份福气。"

老地主怕这棵隐身草被人拿去，就把家丁打发走，带着自己的老婆走到喜鹊窝树前。他爬上树，拿起一根草插在头上问老婆："你看见我吗？"老婆说："看见。"他又一连拿了几根问老婆。老婆被他问得不耐烦了，说："看不见了。"老地主一听，喜得不得了。谁知他太高兴了，两手一松从树上掉了下来，摔了个半死。

第二天，老地主把那棵草插在头上，想试一下灵不灵，就先到佃户家去偷东西。可那佃户怕他要地，就没有做声，让他拿一些东西走了。老地主很得意。他又想把玉印偷了做个县官。有一天，他听说县老爷升堂审案，便将宝草插在头上，闯入公堂，抱起玉印就跑。县老爷大吃一惊，厉声喝道："大胆贼人，竟敢私闯公堂，抢我老爷的玉印。左右快给我拿下！"老地主战战兢兢地说："我是本地有名的财主。"县老爷一听，拍案喝道："大胆贼人，竟敢编造谎言，欺骗本官，给我重重地打！"衙役们一齐动手，连打八十大板，还把他押进监狱，坐了四十天大牢。

　　老地主被放出来时，面黄肌瘦，已经没有人形了。他回到家里，见到黑虎就责问道："你为什么骗我？"黑虎笑着说："我没有骗你呀，老爷，你当初有福气，偷了人家的东西，人家不是没有看见吗？现在你没有福气了，那隐身草就不灵了，这能怨我吗？"

　　老地主一听，无言对答，只好忍气吞声吃了这次哑巴亏。

花林"灶王爷"

赵声荣　薛开义

　　传说，灶神能主一家祸福，赐人富贵，那么，灶神一定会受到人们的尊敬，与诸神一样，享受鲜果珍馐，美味佳肴。可是，安福乡（今大湖口镇）花林村的百姓怎么只供奉灶神一碗"烂面条"呢？原来还有这么一段故事。

　　相传很早很早以前，在远离花林岗的地方住着一户张姓人家，以耕种为生，家中除老夫妇外，还有一个儿子张郎和媳妇月香，一家四口，日子过得倒也平常。

　　有一天，张郎忽然心血来潮，怎么也不愿意在家种地了，一心只想外出做买卖。张老夫妇和月香多次劝阻，但张郎就是吃了秤砣铁了心，执意不听。

　　自从张郎走后，家中的生活担子全部落在了月香一人的肩上，她不得不风里雨里、没日没夜地劳动，勉强支撑着这个家。

　　张郎一去五年，没有一点音讯。张老夫妇思儿心切，不久便积忧成疾，双双病倒。月香想方设法，请郎中诊治，却总不见好转，不久，二老便相继去世了。月香典卖家什，含泪将公公和婆婆安葬了。从此，月香孤苦一人，日子过得更加艰难了，全部家当只剩下一头老牛和一辆破车。

　　春去秋来又是五年。一天，成了富翁的张郎终于回来了，月

香满心喜欢，一边为张郎烧水做饭，一边问长问短。可是张郎却连月香看都没有看一眼，便把一纸休书扔给了月香，并对月香说："我把你休了，你就牵着那头老牛，拉着那辆破车走吧。"

月香听了，如五雷轰顶，顿时目瞪口呆。过了好一会儿，才说："张郎，你说的这话是真的吗？"

"谁和你说假话"，张郎不耐烦地说。不久，张郎强行把月香赶出了家门。

东转西拐，路途漫漫，老牛拉着月香漂泊到了今天的花林岗，在一户人家门前停了下来。月香说："老牛啊，你拉我到这里，我怎好进人家的屋呢？"老牛听了，扬起脖子哞哞叫了起来。

不一会儿，一扇门"吱呀"一声开了，一位面容慈祥的老婆婆出来问道："哪来的客人啊？"月香笑道："大娘，我是迷了路的！"老婆婆忙说："天快黑了，就在我家住一宿，明日我叫儿子送你一程吧！"正在月香左右为难之际，老婆婆走过去把月香拉进了屋。交谈中方知老婆婆家只有她娘儿俩，儿子年近三十尚未娶妻。不一会，老婆婆的儿子从山头打柴回来，对素昧平生的月香也非常诚恳热情。月香见他母子性格忠厚，心地善良，就将自己的遭遇一五一十地对他们说了。母子听了，很是同情。老婆婆一边流着眼泪，一边拉着月香的手说："孩子，你别走了，就做我的儿媳妇吧！"月香低着头，默认了。

再说那张郎，头天休了月香，第二天就娶了妓女海棠。人们对张郎不满，就编了一段顺口溜："张郎张郎，心地不良，前门休娇妻，后门娶海棠。无义之人，好景不长。"

说来也巧，张郎娶海棠不到一年，家里便无端遭了一场大火，财物被烧个精光，海棠也被烧死了。张郎虽然死里逃生，保住了性命，但成了残疾，双目几乎失明，只有了一点点光亮，无以为生，只好外出讨饭度日。

一天，月香正在院中铡草喂牛，忽见一个要饭的来到家门前，她盛了一碗面给了那个要饭的，那人狼吞虎咽，三下五去二就把一碗面吃光了，对月香说："大娘，救人救到底，再给一碗面吧！"月香又给他盛了一碗，这一碗是给丈夫准备的午饭，此时，锅里只剩下一点面汤了。他又狼吞虎咽地吃完了，说："大娘，救人救到底，再给一点吃的吧，我已经三天没吃一点东西了！"月香越听越觉得声音耳熟，不免心生疑惑，仔细一看，原来这要饭的正是张郎。他的两眼是怎么失明了呢？月香顿时又气又恨，本想大骂一顿，但看见他那狼狈的样子，又怪可怜的，于是不声不响地去盛锅里的面汤。这会儿张郎等急了，大声说："大娘，积积德，再给一碗吧！"月香悲愤交集，禁不住说："张郎，见了你前妻怎么叫大娘，我是月香啊！"张郎万万没有想到这个给他面吃的"大娘"，竟是自己的前妻月香，一时羞愧难当，便惊慌找旯旮躲藏。匆忙中，张郎一头钻进灶门，被卡在里面，憋死在灶膛里。

张郎死后，玉皇大帝因与张郎同姓（玉皇大帝俗名张友仁），就糊里糊涂地封他做了灶王。后来知道错了也来不及了，所以这个灶王爷又叫"花林灶王"，只主管花林一带的饮食。因张郎死的那天是农历腊月二十三，是传统的灶王节。这位灶王，虽是玉皇大帝亲封，但人们却瞧不起他。不过，人们又怕张郎的灵魂到玉皇大帝那里搬弄是非，所以，也没敢怠慢他，还是按时节给他供上一碗烂面条。从此，"灶王老爷本姓张，一年一碗烂面汤"的故事就流传下来了。

明姑娘

杨建飞整理

　　从前有个小伙子叫小亮，他邻居是个双目失明的老婆婆，无儿无女，生活上全靠小亮照应。老婆婆得病多年，快要死去的时候，对小亮说："这几年多亏你对我的照应，如今我不行了，家里没有什么东西，只有老祖宗传下的一盏灯，就送给你做个纪念吧。"话刚说完，老婆婆就死了。老婆婆留下的这盏油灯是陶土罐儿灯，可以装六斤油，灯的小盖上，有一个拇指大的姑娘像，活灵活现，像个真人。小亮叫她明姑娘。

　　小亮把老婆婆安葬好后，把灯带回去了。他每天晚上在灯下做事，累了就对着明姑娘望一会儿。有一天，他望着望着，好像看见明姑娘动起来了，还在望着他笑呢！他忍不住对明姑娘说："明姑娘啊，你要是喜欢我，就走下来吧！"这一说不要紧，明姑娘真的跳下来了，双脚一落地就变成了一个漂亮的大姑娘，还对着小亮说："小亮哥，我本来要等七七四十九年才能变成人的，我看你心眼儿好，就提前下来了；你若想我们好一辈子，就必须先做好一件事。"小亮连忙说："行，要做什么，你快说吧！"明姑娘说："你要把灯盏灌满油，点燃起来，一直点七七四十九个时辰不熄灯，我才能变成真正的人。你要记住：只能灌一次油，用一根灯芯！"说完又跳到灯盖上不动了。

　　小亮将灯盏灌得满满的，放了一根长长的灯芯，就点燃起来。四十九个时辰快满了，灯火也慢慢小了。小亮拨了几次灯芯也没有用，原来只剩下一点点油了，虽然可以维持到要求的时辰，只是灯芯燃短了，扯不上油。眼看灯火就要熄灭，小亮望着灯里的油急得哭起来，眼泪不停地往灯盏里滴。哭着哭着，灯火渐渐大了，小亮灵机一动，想到油比水轻，灌了水，灯芯就扯上油了，他马上给灯盏灌了水，这样，灯火又跟以前一样亮了。四十九个时辰过去了，明姑娘果然跳下来了。小亮和明姑娘成了亲，小两口甜蜜地过了一辈子。

　　这个美丽的爱情故事，感动了一代又一代的安乡人。

蚌壳姑娘

寒在文整理

在我们官垱镇广福社区流传一个蚌壳故娘的故事。

从前，有个打鱼人，家里贫穷，性情憨厚，快四十岁了还没成家。这个人心地善良，周围的乡亲们都很喜欢他。

一天，下着雨，刮着风，打鱼人照旧到湖边去打鱼。他打呀打呀，连撒了几网，都没捞上一条鱼，他心里十分焦急。天快黑了，他想撒了最后一网回去，可这一网捞上了一个蚌壳。他把蚌壳丢到湖里，又撒一网，又捞起了那个蚌壳。他又把它丢到湖里。连续几网，都是这样。没办法，这个打鱼人就带着蚌壳回家了。

回家以后，他将蚌壳放到盛有水的缸里。第二天，早晨起来，屋里充满了白米饭的香味，揭开锅盖，锅里果然盛着白米饭。打鱼人以为是哪个好心的邻居做的，他吃了饭后就去打鱼。

晚上回来，屋里又充满香味。打鱼人放下渔具，走近灶前，揭开锅盖，果然又是白米饭，还有一盘荤菜。他也不忙着吃，跑到邻居家问是谁做的。邻居都说没做。他想这是谁做的呢？他想呀想呀，怎么也想不出这个人，突然，他想起昨天打来的蚌壳。跑到缸前一看，奇怪，不见了。他越发弄糊涂了，像发痴一样站在那里。这时，从床铺那边发出清脆的笑声。他转脸望去，一位漂亮的姑娘站在那里，打鱼人的脸一下子红到耳根。这位姑娘却大大方方地朝他走来，并告诉他，她是海龙王的女儿，父亲贬她下凡来和他结为夫妻，白头到老。

从此，打鱼人和这位姑娘就生活在一起，一年以后生了个胖娃娃。

聪明的幺媳妇

曾重湘整理

在安乡三岔河一带有这样一个故事。

从前，有个张百万。张百万有四个儿子，收了三个媳妇。他想从三个媳妇中选一个聪明的当家。有一天，三个媳妇都要回娘家，他就借这个机会试一试三个媳妇的智力。

他对三个媳妇说，大媳妇过三五天回来，二媳妇住半个月，三媳妇住七八天。还交代三个媳妇从娘家回来时，都要给他带一样东西，大媳妇带无脚团鱼，二媳妇带红心萝卜，三媳妇带撑不开的伞。

三妯娌听了公公的安排后，一同出门回娘家。他们走到三岔路口时，你望着我，我望着你，都不走了。原来她们都弄不清公公要她们住多久，带何东西。公公很恶，都怕回来后不好交代，三个人便抱在一起哭了起来。

这时，一位少女牵着双目失明的父亲从这里路过，见三位大嫂哭得伤心，便开口问道："三位大嫂哭什么？"三妯娌听到有人问她们，便把事情的原委讲给她听。

少女听了，说："这有什么为难的，你们想：三五不是一十五天吗？七天加八天不也是十五天吗？你们的公公是要你们都住半个月，同一天回去嘛。要你们带的东西呢？"她停了停说："那无脚的团鱼就是糍粑，那红心的萝卜就是鸡蛋，那撑不开的伞就是鸡腿子呀。"

三妯娌听了，觉得她说得很有道理，都擦干了眼泪，笑嘻嘻地回娘家去了。

半个月以后，三个媳妇同时回到了婆家，并各自带来了所要带的东西。公公见了她们，没有说什么，心里却在想，她们怎么这么聪明呢？第二天，就逼着三个媳妇问："是谁告诉你们的。"她们先是不作声，后来逼得没法，只好说出了那位少女。公公听后，立即派人找到那少女，并托人说媒，娶她做了幺媳妇。娶了这位聪明的幺媳妇后，他非常得意，便写了一副"天下第一家，万事不求人"的对联，贴在大门两边。

这副对联贴出以后，被当地的县官知道了。县老爷大怒："这还了得，连皇上都没有放在他眼里！"于是，派人将张百万拿到县衙，要他在七天之内办好三件大礼，为县老爷祝五十大寿，否则要人头落地。这三件大礼是：第一，一块能把天遮住的布；第二，将大海灌满的青油；第三，牯牛下的儿。张百万听了以后，吓得要命，回到家里便将县老爷要他办的三件大礼告诉几个媳妇，要她们想办法。大媳妇、二媳妇、三媳妇听了都不作声。只有幺媳妇劝道："爹爹莫急，慢慢想办法。三件大礼如果办不到，到了时候，我愿替爹爹到县衙去为县老爷祝寿。"

张百万听了摇着头说："你这又怎么办得到呢？"

日子一天天过去了，期限到了，三件大礼一件也没办到，全家人焦急万分。到了那天，幺媳妇果然代替公公去衙门。

县官见张百万派去的幺媳妇两手空空，这哪里是来送寿礼的呢？便问："你替公公来为老爷我祝寿，那三件礼物呢？"

"都准备好了。"

县官见她答得从容，迟疑地问："第一件，遮天的布呢?"

幺媳妇回答："布准备好了，就是不知道天有多长、多宽，请老爷量个尺寸告诉我，我把它剪裁好了，就去遮天。"

县官一听，无话可答，接着问："那灌海的青油呢?"

幺媳妇说："油都准备好了，要请老爷将海放干，我才能将油运去灌海。"

县官见这幺媳妇好厉害的，他发怒地说："算了，我是要你公公来为我祝寿，你回去，要他把那牯牛下的儿牵来。"

幺媳妇仍然不慌不忙地回答："启禀县老爷，我公公发作(临产)了，才叫我替他来为老爷祝寿的。"

老爷一听，拍案而起："世上只有女的生儿生女，哪有男的发什么作!"

幺媳妇见老爷发怒，她却笑着问道："老爷，你不是要牯牛下的儿吗?"

县老爷被他问得无话可答了。

两兄弟

寒在文整理

　　从前，官垱有两兄弟，分家的时候，老实的哥哥分得一条狗，狡诈的弟弟分得一条牛。

　　第二年农忙季节，弟弟用分得的牛耕地，老实的哥哥干着急，去借别人的牛又怕碰壁，后来急得没法了，就用狗试着去耕地。不料，这条狗很行，一天竟耕了十来亩地。日落西山的时候，弟弟见哥哥用狗耕了这么多地，第二天便借狗去耕地。

　　可是当他把狗牵到地里，给它套上犁后，狗却一动也不动。他使劲地抽打，狗反正不动，最后狗被打死了。

　　哥哥见自己的狗被打死了，十分伤心，他把狗埋好，还做了一座坟，为了寄托哀思，在坟边还栽了一棵树。

　　这棵树很肯长，第二年秋收时就长得枝叶茂盛了，在这收获的季节里，老实的哥哥因唯一的家当——狗被弟弟打死了，逼得只有去剥树皮煮着吃。刚来到树下，树上掉下些白花花的东西，他看得眼花花的，定睛一看，竟是些银丝，他便捡回去买谷过日子。

　　弟弟听到这个消息，第二天天不亮就跑到树下去摇树。他摇了很久没掉下银丝，却掉下来很多砖头瓦片，打得他头破血流。他火冒三丈，跑回去拿把斧头将这棵树砍倒了。

老实的哥哥见树被砍倒了，又把树背回去，请木匠做了一个鸡笼。鸡子每夜又生一笼鸡蛋。弟弟知道消息后，强行将鸡笼背回家去关上鸡子。第二天天亮后，他去捡蛋，一看鸡全死了。他气急败坏，将鸡笼烧掉了。

　　老实的哥哥将烧的鸡笼灰撒到自己的田里，辛勤耕耘，年年长得一丘好谷。狡诈的弟弟仗着自己有牛的本钱，耕作不及时，年年收成不好，家里越来越贫困。

革命故事

AN XIANG GU SHI

毛泽东考察安乡

丁安辉

　　1921 年春夏之交，在湖南任督学的毛泽东，怀着改造中国与世界的梦想，与易礼容（新民学会会员、曾任全国政协秘书长）、陈书农（新民学会干事）一道，到洞庭湖区的几个县考察社情民意。他们从长沙坐火车到岳阳，坐船到君山、到华容、到南县，然后到安乡。

　　毛泽东进入安乡县境，经三岔河、六家渡、官陵湖、下码头，风尘仆仆进入县城。他的一师同学潘能原（家住梅景窖）、周夏藩（家住岩剔口）、教书先生袁东山等闻讯，早已在东门桥上恭候。他们兴致勃勃地踏过护城河的两人多宽的木桥，来到不足一平方公里的安乡县城。在护城河边袁东山先生的吊脚楼里，毛泽东一行受到热情接待。午餐后，毛泽东便立即召开座谈会。

　　阳光照进客厅。28 岁的毛泽东以地道的湘潭话作开场白："现在就来个开门见山，下田割谷。四年前，俄国十月革命获得成功，列宁领导的布尔什维克政党夺取了国家政权，建立了第一个无产阶级专政的社会主义国家，开创了人类历史的新纪元。我国 1919 年五四运动后，各地的进步团体都在研究十月革命的经验，寻找改造中国的道路和方法。湖南新民学会，去年取得了驱除反动军阀张敬尧的斗争胜利，部分会员赴法勤工俭学，探求救国救民的真理。我们今天到安乡来，一是会会我的老同学、老朋友啰，二是听听大家对当代中国的看法和意见，要请你们知无不言，言无不尽啦！"

参加座谈会的有七八个人，都是安乡教育界的精英和县城里饱经风霜的老人。第一个发言的是袁东山老先生。他说："毛泽东先生一行到安乡，是安乡民众的莫大荣幸，到我家，令我这个吊脚楼蓬荜生辉。我们安乡，过去叫慈姑县、叫孱陵、叫作唐，叫安乡有 1360 年历史。"袁老先生见毛泽东一边听，一边作记录，接着说："安乡就是一个洪水走廊，一个渍水窝子，有三十多条河流纵横交错，有五六百个堤垸多如鱼鳞。天灾人祸连绵不断，老百姓穷得巴垫子呢。"

听袁老先生讲到这里，毛泽东放下手中的笔，说："我们三人这次来洞庭湖区考察，看到一个普遍现象，就是这里河多、湖多、沟港多、田亩多，居住分散，老百姓大多数住的茅草屋、牯牛棚，黑壳瓦屋少，穿得破烂，路上碰到不少讨米逃荒的。这么多田土，为什么还这样穷，有哪些天灾人祸呢？"

听到毛泽东的问话，袁老先生说："天灾主要是暴雨成灾、洪水成灾，堤垸十年九溃，老百姓的房屋、财产和庄稼经常被洗劫一空。1912 年民国以来，几乎年年大水，街上跑得船，县府衙门水深六七尺。青黄不接，饿死在荒郊野外的人，硬是瞎子打鬼——无数。"

毛泽东一脸的严肃。袁老先生喝了一口茶，继续讲人祸："鸦片战争后，帝国主义把侵略的魔爪伸到了安乡。到处办教会，鼓吹上帝万能，一切幸福靠上帝恩赐，麻痹人民。到处推销洋油、洋火、洋布等洋货，压制了民族工商业。日本戴生昌的轮船，占据了安乡河道，县天主堂霸占了良田一万多亩。反动政

府、地主团防是统治安乡的土皇帝，盘踞城乡码头，压榨工农群众，收取苛捐杂费。军阀混战，也祸及百姓。1918年秋，驻军陆军混成旅朱泽黄部假名筹饷，每亩捐谷一斗，一次搜刮稻谷四万多担。去年澧县李韫衍旅兵溃安乡县城，一日换了五个知事（县长），大肆搜刮钱财，到处拉夫抓丁。社会动荡不安，土匪占地为王，丢字喊款，烧杀掳抢，搞得人心惶惶。"

"农村情况怎么样？"毛泽东问同窗周夏藩。周说："到处乌鸦一般黑。广大农民围垸造田，开荒斩草，却没有一块属于自己的土地，百分之七十以上都被地主土豪霸占。农民租种地主的田土，脸朝黄土背朝天，交完租谷和高利贷，所剩无几，镰刀上壁，就没饭吃。只好做长工，打短工，讨米叫化，苦苦挣扎。"这时，有个老街坊插话："大地主何养模，田土上千亩，佃户每亩交租二担二斗，还要春收送三斗，夏收送四斗，每十亩交糯谷一斗、母鸡一只，稻草十捆，负责勤杂工二个，每年要收上百只肥鸡。"

这时，参加座谈会的几个老街坊异口同声地说："世界不改变，我们穷人就永远没有出头之日。"

毛泽东放下手中的笔，一本正经地对大家说："封建地主和土豪劣绅，是几千年专制社会的政治基础，是帝国主义、军阀、贪官污吏的墙脚与帮凶，他们是压在中国人民头上的三座大山。这三座大山不倒，国家没有希望，民族没有希望，人民没有希望。我们必须学习俄国十月革命的经验，彻底推翻资产阶级，铲除帝、官、封三座大山，实行无产阶级专政的社会制度，让工农大众充分享受民主、自由、平等的生活，只有这样，国家才有希望，民族才有希望，人民才有希望。"

"讲得好！"其他人都频频点头。

"哪里有压迫，哪里就有反抗。对于帝、官、封三座大山的压迫，安乡穷苦百姓是怎样的态度?"毛泽东又问大家。

"我来讲几句"，老同学潘能原发言。他说："安乡人民嫉恶如仇，长年累月积聚了与黑暗社会、反动势力作斗争的反抗精神。南宋时期钟相、杨幺起义，安乡人民纷纷响应。元朝时，安乡人民策应红巾军倪文俊部攻占安乡，血染黄山头。明朝年间的1643年至1644年，安乡人民策应李自成农民起义军四占安乡，奋勇抗击明朝将领杨国栋、张有忠的围剿，帮助罗一雄部攻占官垱。清光绪期间的1887年，三岔河张星来、陈锦堂、陈节廷率数百农民起义，打土豪，济穷人，激战天保垸。清光绪23年（1897年），焦圻杨习臣、王森茂与澧县颜次卿、临澧蔡昌显，联系白莲教、哥老会，在湘鄂西边界秘密发展多人，在东保垸起义，日聚三千，占领焦圻，直捣县城。知县和驻城的水师官兵闻风而逃。"

"不错，安乡人民有革命传统，有造反精神，了不起。一切反动势力，你不打他就不倒，只要我们跟俄国一样，有马克思主义政党的领导，有推翻旧世界的奋斗目标，联合一切受压迫的人们，拿起武器，不怕牺牲，就会把旧世界打个落花流水，建立起自己的新政权!"

参加座谈会的人听了毛泽东的一席话，如干渴中喝到了清泉，黑暗中看到了光明。座谈会之后，毛泽东在同窗好友的陪同下，考察了安乡的水患，考察了农民的现状，也考察了安乡的文化遗迹。

毛主席拍板修南闸

彭其芳

　　1952 年 3 月，正当抗美援朝战争出现转机的时候，也正是新中国百废待举全面恢复经济建设的势头令人鼓舞的时候，一天，周恩来总理亲自将一叠文件送到了毛主席的案前，因为这是一件十分重大的事情，需要主席亲自拍板定夺。

　　毛主席随即认真地看着，翻着，原来这是修建荆江分洪工程的文件，有长江过去水患的调查，有分洪的可行性分析，有人员的组成，资料翔实，计划周密。翻到最后，毛主席看到了一份有关黄山头的介绍，上面写着：黄山头位于安乡县北部湘鄂两省交界处，北枕长江，南抚洞庭，有大小山峰 32 个，主峰海拔 268.5 米，在一马平川的江汉平原和烟波浩渺的洞庭湖之滨，唯此一山独秀。山上绿树参天，碧竹涌翠。因此，黄山头自古就有"银湖翠野一金山"的美称。

　　毛主席看罢，点燃了一支香烟，笑着自语着："天生一个黄山头，将军安营不用愁。"

　　几天后，周总理主持讨论荆江分洪的事情，毛主席也参加了，就坐在总理的左边。

　　哪知，讨论时发表反对的意见很多。

　　有人说："抗美援朝远没有结束，哪来那么多人力物力去建

146

闸分洪？"

有人说："我们中国开天辟地还没有建设那么大的工程，如果弄得不好，丢了我们共产党人的脸，落得人财两空！"

还有不少的人随声附和。

当然，也有几位是支持的，"前人没有办的事我们就不能办？那我们就永远不能前进了。""困难是有的，没有困难要我们这些共产党人做什么？共产党就要与天斗与地斗……"

毛主席边听边抽烟，一根接一根的。

会议讨论好大一会了，周总理望了望毛主席，显得有些为难了。

毛主席站起来，说话了。

会场顿时静得能听到墙壁上钟摆的嘀嗒声。

"这个神仙会开得好啊！"毛主席历来善于从少数派那里寻得解决问题的钥匙，有时也把政策性很强的话语用轻松幽默的方式表达出来，"灯不拨不亮，话不说不透。千金难买真话实话。我明白，这荆江分洪的事，不仅有人力、财力上的阻力，还有思想上的阻力。"说着，他坐了下来，又点燃了一支烟，继续说，"我常讲：有条件要上，没有条件创造条件也要上。依我看，目前修荆江分洪工程，既占天时，又占人和，也占地利。你唐天际会打仗，这次就让你打一场特殊的战争，要用战争的方式夺取完全的胜利。把准备开往朝鲜的十万部队调回头，工农兵三十万人齐聚黄山头，我看还有什么攻不下的堡垒？"

毛主席决心这么大，会场上响起了一阵热烈的掌声。

毛主席就这样一锤定音了。

晚上，具有诗人气质的毛主席，怎么也难入睡，原来是他还在想荆江分洪的事。的确困难重重，他放心不下，便披衣起床，

坐到案前，展纸握笔，写下了龙飞凤舞的条幅，进一步表达了他的决心和对荆江分洪工程的关注。他写着：

"为广大人民的利益，争取荆江分洪工程的胜利！"

事后，周恩来、李先念、邓子恢等党和国家领导人也题了词。大家的决心拧在一起了。

毛主席觉得还有些事没有说透，几天后又召见了荆江分洪总指挥唐天际将军。

唐天际进门就跟毛主席行了个标准的军礼，那刚毅的手势，那铿锵的声音，那浑身透露的力量，那钢铁一般的身材，也显示了他这位在毛主席的指挥下南征北战的将军的不可战胜的气概。

毛主席示意他坐下来后，亲切地问："还有什么困难吗？"

唐天际想站起来说话，毛主席把他按下了。他说："天大的困难，我们去克服！"

毛主席说："好呀！"他停了停又交代了，"我还对你讲四点：第一，这件事搞了比没有搞要好，迟搞不如早搞好；第二，军队要以打仗的办法进行，加强纪律性，革命无不胜；第三，一定要关心三十万军民的生活，让他们吃好穿好，然后才干得好；第四，此工程必须赶在汛期前完成。"

毛主席的具体指示，唐天际在小本本上记得清清楚楚。

毛主席把自己的以及周恩来等领导写的条幅交给他时，幽默地说："黄山头是个好地方，你现在要占山为王了……"

唐天际笑了："我不是王，永远是您手下的一个兵。"

说着，他捧着一叠条幅，像揣着一团火，风急火急地走了。

一场与水斗的战斗，终于在毛主席的指示下，在唐天际的具体指挥下，于1952年4月5日，在湘鄂边界上的黄山头脚下打响了。仅用75个日日夜夜，就完成了这座举世瞩目、技术先进、质量得到了保证的荆江分洪南闸。南闸全长360米，共32孔，每孔净宽9米，闸高8.5米，闸底高层32米，闸顶高层43米，采用钢筋混凝土底板，空心垛墙，坝式岸墩，弧形钢板闸门，电力绞车启闭。

它像一条长龙，匍匐在虎渡河上，成为新中国第一大水利枢纽工程，至今仍发挥着巨大的功能。

彭德怀安乡剿匪

丁安辉　丁世喜

彪炳青史的彭德怀元帅，新民主主义革命时期率部驻扎安乡除暴安良、惩恶扬善的故事，至今仍为安乡人民传为美谈。

智擒李永宏

1925 年春，彭德怀任湘军二师六团一营一连连长。他带领部队，奉命驻扎在湘鄂边界的焦圻，连部设在青龙宫。焦圻地处湘鄂两省三县，即安乡、澧县、公安的边界地区，这一带社情复杂，杀人越货的土匪出没无常。

一天，一个拄着拐棍、衣衫褴褛的瘦老头，战战兢兢地来到青龙宫，跪着向彭德怀诉说："彭连长，我的儿媳妇差点被丧尽天良的土匪李永宏霸占，他还抓住我的孙儿作'金罗汉（肉票）'，扬言不交一千块光洋就撕票！"说罢，老泪纵横，恳求彭连长做主。

彭德怀立即弯腰扶起老人，压住满腔怒火，对老人说："您老人家放心，我们就是来剿匪的，我们一定为您做主！"

彭德怀送走老人，独自思忖：土匪头子李永宏，人数众多，独霸一方，而且心狠手辣，阴险狡诈，以前曾几次派兵去捉都溜之大吉，看来只能智取，不能硬抓。于是，他找来焦圻的叫化子头头赵老向，向他借来讨米棍、讨米袋等行头，化装成乞丐，由赵老向带路，一连几天明察暗访，掌握了李永宏的大量犯罪证据和他老宅的周边环境。当他打听到李永宏不久要大办生日寿宴时，彭德怀当即决定，乘李永宏大请宾客之际抓住他。

就在李永宏祝寿的先天晚上，远近的亲戚和附近的匪徒都来吃"预备餐"，足足开了十大桌。李永宏笑容满面地接受亲戚和喽啰们的恭贺。

此时，彭德怀正指挥部队，悄悄地包围了李的老宅，自己一身大叫化打扮，和赵老向两人一前一后步入了宴会厅。见到五短身材、满脸堆笑的匪首李永宏，赵老向说："大当家的，这是我师傅……"彭德怀没等赵老向说完，一个箭步冲向前，左手死死掐住李永宏的衣颈，右手抽出藏在腰间的短枪，对天"叭叭叭"连放三枪。全连士兵听到枪声，击毙守门土匪，破门而入，一举抓获了匪首李永宏及二十多名土匪，救出了"金罗汉"。

彭德怀根据群众的强烈要求，就地枪毙了匪首李永宏，老百姓无不拍手称快。其他土匪叩头认罪，经教育后全部释放。

第二天，"金罗汉"的父母，带着土产品来到连部，双双下跪道："彭连长，不是你们消灭了大土匪李永宏，我的儿子就没命了！"彭德怀扶起他们，既严肃又亲切地说："我们不是来搜刮钱财的，是来保一方平安的。"并叫值日官把土产品当面予以退还。消息传开，"金罗汉"的父母和当地成千上万的群众自发组织起来，敲锣打鼓，到青龙宫营房驻地，给彭德怀送了一把老百姓签名的"万民伞"，感谢他为老百姓除去了心头之患。

严惩杜幺儿

彭德怀杀掉匪首李永宏后，一时威震湘鄂边界。一天，彭德怀正在青龙宫连部休息，值日官进来报告："连长，有人要见你。"彭德怀到焦圻，在剿灭土匪的同时，也结识了各界人士，交了许多朋友，来向他反映情况的人络绎不绝，他便叫值日官把那人带了进来。

来人身穿长袍马褂，笑容满面地走到彭连长面前，拱手作揖。彭德怀示意来人坐下，问他："你有么得事?"来人转弯抹角的说了一阵，拿出一个红包，内装二百块光洋，请彭连长"网开一面"。原来，他是跟澧县官垸一个姓杜的土匪恶霸当说客的。这个土匪恶霸有个小儿子，名叫杜幺儿，此人好逸恶劳，与焦圻附近的土匪互相勾结，杀人越货，作恶多端，已被彭德怀的部队抓获。

彭德怀听说客讲明来意，点点头，又向值日官递了个眼色，叫值日官收起了二百块光洋，说客以为彭连长真的答应了所提要求，心里很高兴。心想，拿了别人的手软，吃了别人的嘴软，彭连长收了这笔钱，一定会把人放出来的。于是，说了句"感谢您的大恩大德，以后还当重谢"的话后，便起身告辞。

说客回去，告诉了杜幺儿的父亲，杜老爷特别高兴，坐在屋里只指望他儿子会早日回来。可是，望了一天又一天，总不见儿子回家，他便去找说客问明情况。刚出门，只见说客已到家门口，见面就送恭喜："杜老爷，彭连长决定明天处决土匪，把你的儿子只作陪杀，之后会放出来的。"杜老爷听到这个消息，心里像掉了一块石头，忙把说客请到堂屋，吩咐家人设宴招待。

第二天，杜老爷和说客有说有笑地来到刑场，只见黑压压的一群人正在听彭连长讲话。他们从人群中挤进去，见彭连长手里拿着昨天送去的那个红包包，大声地说："乡亲们，官垸有个杜老爷，是个土匪恶霸，他家里有钱，是杀人越货抢来的钱，他想用这些赃钱买他儿子的命，他儿子不务正业，丢字喊款，明抢暗要，不送钱就杀人放火，残害无辜，不杀了他，你们能答应吗？""坚决不答应！"愤怒的人们个个举起了拳头。

彭德怀当众宣布了杜幺儿的罪恶和死刑，只听得几声枪响，杜幺儿和几个土匪应声倒地，杜老爷像挨了当头一棒，倒在刑场不省人事。

紧接着，彭德怀把那二百块光洋，亲手分给了贫苦的人们。焦圻和周边的老百姓欢呼雀跃，奔走相告，都夸彭德怀是铁面无私的"彭青天"。

计杀娄三爷

1927 年冬，彭德怀提升为独立五师一团团长，团部设在南县，而三营则驻防安乡三岔河。

一日，彭德怀到三岔河视察部队时，听到一首民谣："提起娄三爷，姑娘躲进屋，伢崽止了哭，他在路上走，鸡飞狗上屋"。彭德怀经过打听了解到，马日事变后，土匪娄三爷摇身一变，成了还乡团团长，他在三岔河一带欺压百姓，大肆捕杀农会干部。

那天，恰逢商会慰问革命军，聘来湖北沙市汉剧团来此演出，演出地点就在河堤街紫云宫剧场。该剧团有个名角叫"九岁红"，扮相漂亮，嗓音悦耳，她一出台一亮相，台下便一片叫好声。

可是，由于剧团老板还没来得及带"九岁红"到娄三爷家拜码头，娄三爷便指派打手到剧团捣乱。一天下午，"九岁红"正在演出《秦雪梅吊孝》时，忽听到台下有人喝倒彩，并且铜钱、废纸、瓜皮一起扔向戏台，打得"九岁红"口鼻流血，无处招架，剧场内顿时一片混乱。

商会和剧团老板将上述情况立即报告给彭团长。他立即召开骨干会议，商量如何处置娄三爷。综合大家的意见后，彭德怀当即部署了一个"武戏文唱"的计划。他连夜派人通知各界士绅，声言革命军举行答谢宴会，同时还跟娄三爷特写一张大红请柬恭请驾临。这答谢仪式选在紫云宫，晚宴就选在街上的"屠陵春"酒家。

第二天午饭后，紫云宫内开场锣鼓一阵响过一阵，三岔河码头上的各界社会名流陆续入场。剧场门口，商会会长与剧团老板一一拱手相迎。剧场内宾朋满座，谈笑风生。不一会，娄三爷身穿长袍马褂，还带着几个听差也来到了剧场。正式开演前，剧团老板又带领演员向娄三爷请安道歉，娄三爷这时也装模作样打起了拱手。大戏正式开演后，娄三爷也兴致勃勃起来，一边听戏，一边忘乎所以地与士绅们扯谈。

正当大戏演到一半，娄三爷情绪高昂之时，突然，门外传来一阵枪声，娄三爷马上弹起欲走，可是已经来不及了，早被革命军牢牢控制。原来娄三爷的娄公馆墙高院深，又有重兵把守，革命军如果强攻，会造成较大的损失。故彭德怀巧用计谋，引蛇出洞。刚才的枪声，是解决娄三爷带来的警卫传来的。

少顷，只见彭团长从外面而入，一个箭步跨上戏台，当即宣布娄三爷大肆捕杀农会干部和欺压百姓的数条罪状，将娄三爷拖出立即枪决。

154

贺龙三打官垱镇

满迪孙

1930 年至 1931 年，贺龙军长率极少数人员，看中了位于湘鄂边境的沈田堡，便以它为据点，在黄山头这一带打击土豪劣绅，扩充红军。"三打官垱镇"的部署，便是在沈田堡的大院里敲定的。

安乡县的官垱镇，有一条傍堤靠河的长约二里许的小街，因为位于湘鄂两省交界处，且水路陆路交通十分便捷，小街便逐渐繁华起来，三教九流，地霸土匪等也看中这个地方，因此表面的繁华现象掩盖着极其复杂的社会矛盾。住在北头街尾上的杨善行，便是一位鱼肉乡里、独霸一方的劣绅。他仗着他的儿子在安乡县城当保安团的团长，手中有权有枪，更是胡作非为，老百姓恨之入骨。同时他的大院，有高高的风火墙，且有两间内天井，数十个房间，只有一个前门出入，就像地堡似的，易守难攻，不少土匪想抢他家，也只能望院兴叹。有一天，贺龙决定要给杨善行这个假善人颜色看看。于是他在沈田堡部署第一次攻打官垱镇的计划。

秋天里，杨善行抢得了一个姓田的少女，强迫她做他的第七房太太，并且张灯结彩，大摆宴席，举行隆重的婚庆。贺龙觉得这是个极好的机会，便要几个人化装成农民，去官垱镇联络几位

知根知底的人，通知镇上极其贫穷的人去吃杨善行的喜酒。然后他自己也化装成一位乡绅，礼帽、长袍、墨镜加上自由棍，一走一摇，带了几位化装了的兄弟去赴杨善行的喜宴。

杨善行老头儿一下变成了新郎公，大红绸花胸前挂，火红的宫花帽上晃，高级绸料的长袍随风摆，似乎真像年轻哥哥，风流倜傥。

他看到今天来吃酒的特多，十分高兴，有认识的，有不认识的，想必是佃户了。他派人通知每个佃户，每家得送五块大洋。乡里的规矩，离席后便掏钱上"人情"，然后出门。杨善行心想，今天来这么多的人，他该收入多少，可能要用大箩筐装白花花的银元了。他想得真美！

顿时，杨家大院里热闹极了，有放鞭炮的，有猜拳行令的，有借酒骂街的，有争着跟"新郎公"敬酒的。酒过三巡时，一位胖胖墩墩的蓄有山羊胡子的人端着满满的一杯酒，走到主人席杨善行的身边，毕恭毕敬地对他说："祝老爷又添新娇！"

杨善行站了起来，也端着半杯酒，并没有马上跟来人手中的杯子碰过去，而是审视了一下颇有绅士风度的来者，疑惑地问："我怎么不认识你？"近来对贺龙的传闻很多，他不得不特别小心。

来人不慌不忙地回答："你不认识我？我是住在镇南头的。"

"南头？姓什么？"

"姓贺。"

杨善行哈哈大笑起来，说："你想必是我的佃户贺老八，你去年还欠我四石租谷，今年还吧？"

"不，我不是贺老八。"

"你到底叫贺什么？"杨善行有些惊慌了，忙忙把杯子放在了桌上。

"我坐不改姓，行不改名。我就是你们悬赏十万大洋捉拿的贺龙！"就着，贺龙把一杯酒朝杨善行的脸上泼去，随即从长袍下掏出了手枪，顶住了杨善行的后心窝。

杨善行一下瘫坐在椅子上了。

听到贺龙的名字，来吃酒的一个个惊得大叫起来。

顿时，有人朝天井上空鸣了两枪，发话了："我们是贺龙的队伍，大家不要惊慌。我们决不杀无辜百姓。今天来是特地解救被杨善行抢来的黄花闺女，也是来警告杨善行的，他作恶多端，如还不知悔改，下次一定要他的脑袋搬家。"

大院里顿时鸦雀无声，静极了。

那人又发话了："今天来的有不少乡绅，你们有钱巴结杨善行，平日里也没有做什么好事，今天你们把银子全掏出来，丢在天井里的一个箩筐里，然后一个个走人。"

一些人忙忙丢钱走人，恨不得飞出去。

富人走完了，穷人留下了，贺龙跟每位来吃酒的穷人发了三块银元，随即来到后院，将被绑在雕花床上并嘴里塞了毛巾的落难少女解了绑，跟她给了一百多块银元，要她举家远走高飞，免得杨善行又来报复加害。贺龙还派人把她送回了家。

贺龙一打官垱镇震惊十里八乡。听到了贺龙的名字，穷人咧嘴哈哈笑，劣绅拔腿就要逃！

受到了这次打击，杨善行恨死了贺龙，认为贺龙大闹婚宴，坏了他的好事，一定要伺机报复。一方面他从镇上招了十来名青壮年，日夜为他看院护家；另一方面，他要他的儿子从保安团里派了一个班的兵力，武装护院。他认为这是个万全之策，再也不怕什么活龙死龙了。

他哪里知道，就在他招募的十来位青壮年中，贺龙安排了两个心腹之人，一个叫燕小毛，一个叫刘招弟。

贺龙后来知道杨善行家里有一个班的兵力，一人一枪，加上手榴弹，也不少啊。于是他在沈田堡又与众人作了一番研究，决定第二次攻打官垱镇。他爱上了杨家大院的枪。

他迅即与内应取得了联系。

这次贺龙率一队人，是威风整齐的军人，并没有化装，在官垱镇穷苦老百姓的掩护下，在夜幕降临的时候，他们便赶到了目的地，并在杨家大院旁隐藏起来。

待到半夜时分，贺龙掏出手枪，向杨家大院连开了数枪。半夜清脆的枪声震醒了全镇的人，自然也震醒了杨善行。他忙从床上爬起来了。

听到枪声，燕小毛知道贺龙带队伍来了，便在院里大喊："贺胡子来啦！贺胡子来啦！"

刘招弟迅速闪到门边，把院门打开了。

贺龙大吼一声，第一个冲进了门，有一个士兵还想顽抗，被贺龙一枪便撂倒了。其余的就乖乖地缴了械。

贺龙喜滋滋地带着战士，带着战利品返回了沈田堡。同时因为燕小毛、刘招弟的身份已经暴露，不能再在杨家大院了，便随贺龙走了，参加了革命队伍。

这次没有去惊动杨善行。

当杨善行的儿子、安乡县保安团团长杨世保知道自己的家里又被贺龙"骚扰"后，十分恼火，便带一连人风急火急地赶往官垱镇，扬言要活捉贺龙后去领十万大洋的赏金。

难道贺龙是想捉就能捉得到的吗？

贺龙知道了，一阵大笑："哈哈，想不到我贺龙的七斤半那么值钱，要的人可多了，连一个草寇杨世保也想要，胃口也太大了……"说着，他猛吸了一口烟，在一个木板凳上坐了下来，足足有半个多时辰没有吱声，战士们知道，他是在抽闷烟，想事情。

一会儿，他往鞋底上磕了磕已经烧黑了的木烟斗，然后一招手，大家围了拢来，公布了第三次攻打官垱镇的计划。他最后幽默地说："他杨团长跑这么远的路，送这么重的礼给我，我当然要拱手欢迎啊！"

寒冬来了。冷飕飕的北风吹得行军的战士一个个脸上像鞭子抽一般。贺龙走在最前面，十多人紧紧地跟在后面。贺龙想，他这次以少胜多，一定要发动官垱镇的基本群众，军民齐努力，来一个关门打狗，各个击破。

根据贺龙的布置，燕小毛、刘招弟已提前离队回到了官垱镇，并组织镇上的穷苦人协助军队打个漂亮的歼灭战。上次得了贺龙发的银元的人，更是摩拳擦掌，一定要给杨家父子一个厉害看看。

杨世保带的人是从东边进镇的。镇里一片漆黑，根本看不到光亮，只有微弱的星光让人辨认一片朦胧的景物。此时西边迅速响起了枪声，好像贺龙已排开了阵势，要同杨世保来个你死我活的较量。于是杨世保大喊："弟兄们，冲呀！活捉贺龙赏大洋一百！"

双方的枪声密集了。

忽然，北边小巷里也响起了枪声。杨世保惊慌失措，分兵一个排，追了过去。

此时，南边小巷里又传来了枪声，杨世保于是又分兵一个排追了上去。他心想："贺龙带了多少人，把我们一连人包围了？"

大小战斗于是在官垱镇的每一条小巷里展开了。群众没有枪，就拿着锄头、杀猪刀、猎枪等参战了，把杨团长带的人分割包围，一一活捉了，没有一个漏网。贺龙自然得到了更多的枪，正好"扩红"壮大队伍。

天亮了，群众就在官垱学校搭起了台，斗争杨家父子俩，随后贺龙一声命令，将欺压人民作恶多端的杨善行、杨世保执行枪决。群众扬眉吐气，当场有二十多名青壮年要求参军。贺龙高兴极了，立即跟他们每个人发了一条枪，随后带领他们告别官垱镇，回到沈田堡。不几天，贺龙便带领三百多人奔赴慈利，开辟新的战场。这次镇上的刘志明和王春生等穷苦人也跟着贺龙走了，投身到滚滚的革命洪流之中。

贺龙夜袭广福寺

潘海清

安乡的北端与湖北接壤处有个广福寺。

这里，因系湖北藕池河支流，由彭丘岭分流经广福寺，水陆交通十分方便，促成了广福寺商业的繁荣，是十里八乡的集市码头。街上有石春和肉案，潘明庭渔行，潘明辉中药铺，还有邓义和潘远安、潘康安的油榨坊，南货店、纸扎店、理发店、缝纫店、铁铺、米行、木材行应有尽有，集市十分热闹繁华。因地理位置又扼湘鄂之要冲，自然也是三教九流、地痞流氓、恶霸土匪的重要窝点。

1930 年五月初，贺龙率部与周逸群率领的红六军在湖北公安胜利会师，组成红二军团，贺龙任总指挥兼第二军军长。为了巩固胜利战果，又在石首、藕池大败敌军，并缴获二千多支枪，消灭敌军近四千人，部队一时声威大震。在重返洪湖革命根据地前，贺龙部队在藕池休整，当地老百姓反映，距藕池不到十里水路的广福寺有一股土匪，他们有枪、有手榴弹，常年在方圆数十里的地方欺行霸市，鱼肉百姓，横行乡里，拦路强抢，而且还经常夜里出来偷鸡摸狗，强奸民女，使得这方的穷苦百姓不得安宁，是当地的一大祸害。贺龙听后，决定消灭这股土匪。

第二天清晨，贺龙派人了解敌情，得知这股土匪的窝点就住在码头上的寺庙内（广福寺），大约有二十几个土匪，为头的诨名叫谭大麻子，是一亡命之徒，干了不少缺德损阴的坏事，他决定当夜奇袭广福寺。

贺龙经过缜密考虑后，笑着对身边的几位部下说："今晚我们要消灭广福寺的这帮土匪，搞点枪支和供给如何？"二营长李大喜抢着说："贺总，让我们营去。"贺龙说："消灭这帮土匪毛贼，不必要你营去咯。"四营三连长接着说："贺总，就让我们三连去吧，保证消灭这帮土匪。"贺龙摆手道："不必咯，消灭土匪我比你们在行呢！"于是，贺龙吩咐身边警卫员："你到部队挑选十来个跑路快的战士，三更后随我出发。"警卫员应声"是"，随即转身就跑了。

大约不到半个时辰，警卫员带着挑选来的十二名战士，站到了贺龙的面前。贺龙对战士们说："离我们部队驻地不远，有一个叫广福寺的地方，那里有一股土匪，今晚我们就去把他们消灭掉，好为新入队的战士搞点枪支来。"战士们听说又要去打土匪，个个精神抖擞，齐声应道："是，保证完成任务。"

夜，已很深了，在当地老百姓指点下，他们向广福寺摸去。

不到几根烟的时间，就已接近广福寺，只见寺庙很大，共有三进两厢，寺庙内还闪烁着微弱的灯光，寺门前摆放一大香炉，香炉两边坐着两个哨兵，哨兵抱着长枪倚靠香炉睡着了。贺龙向警卫员打着手势，警卫员已会意，迅速靠近香炉，不等哨兵丝毫察觉，两把匕首就刺进了土匪的心窝。接着，贺龙带领战士们，以极快的速度闪进寺内大堂，发现大堂墙角处放了一堆长枪，墙上挂有七、八支短枪，随即手势令两名战士把守枪支。这时，睡着的土匪已被惊醒，有两个土匪扑向墙角想抢枪抵抗，贺龙一连飞起几脚，踢得土匪头破血流，鼻青脸肿，在地上打滚喊娘。说时迟那时快，十几名战士一拥而上，手枪早已顶住了土匪们的后脑壳。这时，贺龙拽起被踢翻的两个土匪大声说："认得吗？我是贺龙。"土匪们听到"贺龙"的名字，已吓得魂飞魄散，一下子全瘫倒在地上，跪着求饶："贺爷爷，饶命！""贺爷爷，饶命！"这时，外面的响声惊醒了房内的土匪头子谭大麻子，谭大麻子从内门跑出来举枪就射，刹时被贺龙的警卫员一枪撂倒，其余的土匪见头儿已被打死，再也不敢作丝毫反抗，都乖乖举起双手投降了。

　　贺龙和战士们背起十二支汉阳造，八支驳壳枪，以及缴获的其它物资，押着被俘的土匪，高高兴兴回到了部队，继续他们的革命征程。

贺龙斗笠歼敌计

谌天喜

　　1934 年盛夏，一连十多个赤日，一下把大地的气温提升到四十度左右。就在这天地如炉，山川似煮之时，贺龙军长领导的红二、六军团，接到中革军委命令，决定撤离洪湖苏区，移师湘黔与中央红军会师，北上抗日。

　　红二、六军团肩负着民族的期望，怀揣着老区人民的深情厚谊，头上戴着老百姓为他们特织的遮日挡雨的竹篾大斗笠，脚上穿着老百姓为他们编织的防滑护脚竹根底草鞋，日夜兼程向湘黔进发。

　　一路上，少不了蒋介石的飞机在天上盘旋、扫射，更少不了地面上匪军的追剿。一日，红二、六军团来到安乡县黄山头镇守安垸，这里天生一片灌木丛林。队伍刚进林不久，远处就传来敌机之声。此时，红军首长一声令下：火速隐蔽。刹时一条行进在灌木林中的黄色巨龙隐蔽得无影无踪，但也有远去的少数队伍，因接命令稍迟，未来得及隐蔽，被敌机发现了，对林间路上丢下的零星斗笠，立即发起了轮番轰炸，虽无大的成效，但总算找到红军的下落，至少可以交差去了。

　　这次空袭突发，军团立即召开营、团长紧急会议。贺军长凭他多年的战斗经历，深知匪军战法，断定此战不会如此简单，空袭只是前奏，后面必有大量匪军尾追而来。此时，部队加速前进想甩掉尾巴已来不及了。贺军长沉思片刻，心中已有主意，他在营、团干部会上，斩钉截铁地命令道：全军将部分衣物不规律地丢在林间小道上，特别将斗笠挂在小树上，队伍向灌木林纵深两边各撤五十米。刹时战士们向纵深隐蔽，但一条斗笠形成的黄色巨龙，在这林间小道上特别显眼。

当尾随之敌追至守安坨时，只见食物满地、斗笠悬空，特别是在这烈日晒头、热风扑面的酷暑之夏，真所谓天上掉下个大馅饼，不管军令不军令，一个个蜂拥而上，你争我抢，闹得不可开交。但他们万万没有想到，头上戴的斗笠是贺军长送给他们上西天的一张路条。就在这林中又一条黄龙形成之际，敌机二次空袭开始了，它们老远的发现了轰炸目标，四架飞机就像四条饿狼前赴后继，直捣黄龙。不到一袋烟的功夫，有的腿炸断，有的命归天，一条黄龙炸稀烂，冤白之鬼遍林间，根本不知道中计自己炸了自己人。敌机"凯旋而归"后，红二、六军团旋即出击，打了一个漂亮的扫尾战。不到半个小时，战斗结束，红二、六军团整歼敌军一个团。

这就是贺龙军长将计就计斗笠歼敌的战斗故事。

贺龙两次到安乡"扩红"

胡国才

土地革命战争时期，贺龙根据党中央的决定，创立湘鄂西苏区，拓展以洪湖为中心的革命根据地。为了发展革命武装力量，他先后两次来到安乡"扩红"。

1928年2月，贺龙领导荆江两岸年关暴动后，为"扩红"第一次来到安乡。他与周逸群率湘西特委一行十余人从石首茅草街、大湾进入安乡境内的梅景窖、理兴垱、大湖口，然后来到了中共六屋渡（今大湖口镇花林村）支部书记龙名榜家。龙名榜出身贫寒，识字不多，但为人耿直，心胸坦荡，深深懂得穷人要翻身就要革命的道理。见到贺龙的到来，龙名榜十分高兴，当即热情接待贺龙一行。饭桌上不仅有腊肉、豆豉、萝卜、白菜，还炖上了两钵脚鱼、乌龟。龙名榜叫妻子拿出珍藏了多年的老酒，招待贺龙一行。酒过三巡，饭桌上热闹起来，贺龙指着大钵里的脚鱼、乌龟，一箭双雕地说道："这乌龟王八蛋，我们就是要一口一口地将它们吃掉。"聪明的龙名榜懂得贺龙话里的寓意，随声附和道："就是要把乌龟王八蛋吃得一点都不剩！"贺军长向周逸群递了个眼色，周逸群会意地一笑，伸出了大拇指继续说道："我们现在要打倒的，就是中国的乌龟王八蛋，中国的反动军队、贪官污吏和地主豪绅！"

在接下来的十多天里，龙名榜紧跟贺军长左右，形影不离，听贺军长宣传革命道理和"扩红"的意义，白天生产，晚上有选择性地到当地苦大仇深的贫苦农民家中，摸情况、搞宣传。在龙名榜的引导下，一批有志青壮，加入到了贺龙的红军队伍。

在扩充红军队伍的同时，贺龙还指导安乡地方武装斗争。1929年冬，安乡游击队成立，当时游击队缺少枪支弹药，队长邱育之、副队长陈逸民商量，找到贺龙请求帮助，贺龙得知情况后，非常高兴，当即慷慨赠送了8支驳壳枪和40发子弹，并告诫安乡游击队负责人邱育之和陈逸民："赶快扩充队伍，会师津澧！"

1930年11月，贺龙携随从12人再次来到安乡。贺龙选择人多地广的原安凝乡夹洲村，住在思想进步的宋晓轩家。在宋晓轩家住的这段时间里，贺龙仍然依靠当地群众提供的可靠情况，夜以继日，不辞辛劳地宣传革命道理，发展地方武装，目的就是要把那些想革命、敢于革命的年轻人，选拔到红军队伍中来。经过近一个星期的工作，先后有100多名青壮年加入了红军队伍。可是，这次"扩红"因人数多、传播广，贺龙的行踪被国民党察觉，机智的宋晓轩得到情报后，连夜掩护贺龙一行人转移出境，并为贺龙筹集了250块银元。几个月后，贺龙派人秘密送信给宋晓轩，信中写道："深表谢意，注意安全，保重身体"。

贺龙军长两次深入安乡"扩红"，与贫苦百姓生死与共，血肉相连，建立了深厚的无产阶级革命感情。

"老交通"过哨卡

文 星

贺龙元帅当年在湖北洪湖地区闹革命时，正处于国民党大封锁的时候，在处境十分艰难的情况下，就靠众多的交通员和当地老百姓的支持，才得以坚持下来。

湖南紧靠湖北的安乡县境内，住着一位贺龙的"老交通"（安乡地下党员，解放后曾在安乡县政府第一招待所工作），四十多岁，叫欧阳春。一年冬里，他挑着一副货郎担，摇着货郎鼓，高高兴兴地从安乡动身前往湖北洪湖。他的货郎担，就是一般乡下常见的用竹篾织成的，分上下两层：上层浅，放些香烟、糖果、肥皂之类的小东西，供买东西的人挑选；下层深，经常是放些要卖的货物或是在乡下用货换来的大米之类的物品。一根楠竹扁担挑着用八根绳索系着的担儿，老欧走得颤悠悠的，看上去担儿似乎很重。

他不敢走大道，专走乡村小道。快到湘鄂边的黄山头脚下的一个乡村小镇时，他心里有些焦急了，黄山头脚下的小镇，是湖南、湖北两省共管的，一定有国民党军队的岗哨，能过去吗？这时他看见前面有位赶脚猪的老汉，便挑着担儿追了上去，并十分友好地问道：

"老哥，你到哪里去？"

老汉朝他打量了一下，见是位做小本生意的，便笑着同他答话，说："我到前面的小镇去，顺便看看我的幺女。"接着他问："你是哪里来的，怎么我没有见过你？这方圆几十里地方的伢儿大小，我差不多都叫得出名字来。"

欧阳春一阵哈哈大笑后，说："真巧，我挑着串乡的担儿也是去我的幺女家的，她嫁在洪湖哩。"他有意说出"洪湖"摸摸对方的底。

"哦？那地方不清净呢。"

"哈哈，我人一个，担儿一副，怕个啥！"

"听说，现在又要打仗了。前面的小镇上也驻军了，对来往的行人盘查得很严。"

"哦？"欧阳春听了一惊，心里在打主意。

一会儿，他便小声地问："老哥，你认得他们吗？"

老汉说："我来来往往，不知过了多少趟了。有位麻脸连长是我的本家，挺熟的。就是一般的士兵也认识我了。我赶着脚猪，像你一样，是个讨吃的人，他们对我还放心。"

欧阳春一路上同他谈得十分投机，一个"老哥"叫，一个"老弟"喊，竟真像兄弟一般。

他远远地看到持枪站岗的哨兵了，便对"老哥"说："咱们兄弟换换吧，我实在挑不动了。"

"好，好。我换换你。"说着，老汉便接过担儿挑着。欧阳春赶着脚猪，一前一后朝前走去。

仅走几步，老汉忽然问："老弟，你的担儿怎么这么重？"

欧阳春听了不紧不慢地回答："是的，把我压苦了，是装的换来的大米，怎能不重？"

到了哨卡，老汉抢先跟哨兵打招呼："你们连长呢，怎么没

看见？"

哨兵笑着回话："他开会去了。"接着问道："老伯今天怎么不赶脚猪挑起货郎担了？"

"唉，我的老弟挑不动了，我们兄弟换换。"说着，他把担儿放在了地上，问，"要检查吗？"

哨兵把手一挥："我们难道还信不过老伯吗？不用了。"

于是欧阳春顺利地通过了哨卡，告别了"老哥"，出了黄山头脚下的小镇，又往前赶路了。

快到洪湖了，欧阳春的心情更是激动了，脚步也就迈得更快了。可是不远处，一个小镇上又有哨兵拦路了。只有这一条路可走，他没有办法，只得忐忑不安地朝前走去。

到了哨卡，哨兵拦住了他，他只得笑着把担儿从肩上放了下来。

接着便围上来五、六个当兵的，个个油里油气，拿着糖果就往嘴里丢，拿着香烟就往袋里塞。有个大个子兵还说："卖货的，你的担儿下格放的东西一定比上格摆的东西好，快揭开我看看。"

欧阳春着急了，忙说："长官，我一个做小生意的，难道还会把好东西藏起来？"

"不信，下面的一定是好货。"

"是一样的，难道我会骗你？"

"我要看看！"说着，他便把上层盖子揭开了。

欧阳春急得头冒大汗。他的一只手已伸到自己的腰间，那里有硬硬的东西，要是事情败露的话，他会有办法对付的。

大个子兵正要俯身动手翻东西的时候，欧阳春忽见有士兵拿着碗筷敲敲打打走过去，他于是便大喊一声："看，你们要开饭了！"

当兵的开饭是件大事，谁迟到了谁倒霉。

听欧阳春一喊，他们便像饿狼一样扑了过去。

欧阳春抹了一下额头上的大汗，急忙挑着担儿就走了。

他一直把担儿挑到了贺龙同志的面前。贺老总把担儿的上层揭开，从里层翻出了几支锃亮的手枪，笑眯眯地拍着欧阳春的肩膀说："你又干得漂亮！这次反攻胜利了，跟你记上大功……"

欧阳春憨厚地笑了。

少年颜昌颐

王元璋

1900 年，革命英烈颜昌颐出生在安乡县珊珀湖畔的白螺湾。父亲是旧式文人，忠厚谦和，母亲是家庭妇女，勤劳善良。颜家世代耕读为本，忠厚相传，良好的家风，从小培养了颜昌颐助人、正直、忧国的美德。

学生时代，颜昌颐勤奋好学，成绩优异的他很受老师、同学喜欢，同学们遇到难题都喜欢找他商量。他更是主动帮助有困难的同学。同村的王仁同学，父亲早逝，母亲含辛茹苦养育儿子，王仁立志读书，但是家中十分贫困，连书本也买不起，颜昌颐知道后，每天早晨仅吃一碗白粥，将节省的钱资助给王仁买课本；冬天天气寒冷，王仁还穿着单薄的衣衫听课，冻得浑身发抖，颜昌颐故意将自己较好的棉衣送给王仁，推说自己不喜欢那种衣服的颜色，让王仁穿得心安理得。

1915 年，15 岁的颜昌颐在澧县中学读书。上学的第二年，学校总务调来了一个叫段富昌的总管。段上任后，倚仗自己的姐夫是县党部书记，经常以各种理由克扣学生生活费，导致学生生活极差，经常出现缺餐停餐现象。同学们有时饿着肚子上课，但对段某把持校方的贪腐行为，敢怒不敢言。颜昌颐于是组织学生查明原因后，带领大家找到校方，据理力争，要求校方严惩段的贪腐行为，改善学生生活。但校方怕得罪权贵，极力包庇段富昌，甚至打压学生。颜昌颐与大家毫不退缩地坚持正义，积极收集证据，并将收集的证据展示在校方的公示栏上，使段的贪腐行为大白于校内。段某无地自容，只好灰溜溜地走掉。同时迫使校方承认工作过失，使学生生活管理走上正轨。

1917年，颜昌颐就读长沙明德中学，这是一所比较开明的学校。在此期间，他广泛阅读古今中外名人传记，屈原、杜甫、柳宗元等忧国忧民的思想，深深地影响着他，他积极参加社会实践活动，了解百姓疾苦。一次，他回乡途经常德，路遇一队军阀武装，不分青红皂白强抢路人财物，颜昌颐上前据理驳斥，兵痞不但不收敛行为，还气势汹汹地说：“我们打仗卖命，抢点财物理所应当。”颜昌颐目睹社会黑暗、军阀混战、民不聊生的现状，暗暗立志，要做一个心忧社稷、改变社会现状的人。回校后，他决定前往法国求学，寻找救国救民的真理。临行前，颜昌颐给父亲颜永栋写下一首《述怀》诗，诗中写道：“国步日艰难，民生似倒悬，青年应有责，破旧换新天”，表达了这位十七岁的少年投身革命的决心。

少年颜昌颐，勤奋好学、助人为乐、正直勇敢、忧国忧民的良好品格，为日后走上革命道路打下了坚实的基础。

安乡游击队的"麻雀战"

君子江南

　　1930年秋，安乡游击队改编为"湘西红军游击大队"。邱育之、陈逸民任正副大队长，湘西特派员邹墨池任政委，队伍编成两个手枪班，其中邱育之的爱人程湘业也参加了游击队。为了扩大活动范围，游击队拉到临澧山区彭家坪，来到了地下党员彭鉴堂家宿营。彭家坪有一土豪恶霸名叫彭颂峰，是当地清乡铲共义勇队的大队长。此人心狠手辣，生性贪婪，仗着手下三十多人枪，一贯欺压乡民，鱼肉乡里，在当地为非作歹。

　　游击队听说了此事后，便决定驻扎下来，为民除害。为不引起敌人注意，遂先派女游击队员程湘业前去侦察一下。傍晚时分，程湘业回来报告说彭颂峰的宅院建在一个陡峭的山坡边，围墙是用石块砌成的，高大坚固，四周还设有岗哨，外形活像一个巨大的碉堡。而且通往他家的道路只有一条，地势上易守难攻。以游击队现有的装备和力量，强攻只怕是以卵击石。三位游击队领导听了汇报后，心情一下子沉重起来……正准备用饭之时，突然在门外放哨的游击队员姚吉祥发现不知从哪里窜来一股敌人，立即大喊一声"清乡的狗子来了"，随即从怀里抽出枪来"啪啪啪"地对准冲进来的敌人就是一梭子。邱育之、邹墨池马上组织战士迎敌，双方噼噼啪啪你攻我守，形成了短时间的僵局。面对

174

游击队强大的火力，敌人退出院门外，叫嚣着准备放火烧屋，并用交叉火力封锁大门。副队长陈逸民见敌人人多势众，拉长时间对游击队不利。于是和几个拿单刀的游击队战士撬开厨房壁柜两边的土坯墙，边打边指挥众人撤进屋后的松山密林中。一无所获还被重伤三人的清乡团恼羞成怒，放了一把大火，把彭鉴堂家烧了个精光。这一仗，游击队虽未有牺牲，但轻伤4人，让整个游击队也憋了一口怨气，纷纷请战要坚决消灭这股嚣张的敌人。

事后游击队政委邹墨池甚觉奇怪，这伙清乡团为什么这么快就知道游击队在彭家坪呢？队伍来时都是走小路，昼伏夜行，没理由这么巧和敌人相遇。待他仔细询问了侦察员程湘业后，猜想程湘业缺乏经验，一定早已暴露行踪，被敌人发现后跟踪。

邹墨池猜测得一点没错，程湘业在彭颁峰宅院周边侦察时，恰逢彭颁峰的师爷刘麻子带着两个团丁收账回家。狡猾的刘麻子远远看见一妇女在彭颁峰宅院外行走，时值秋收季节，一点也不像当地庄稼人，方圆十几里没有他不熟悉认识的。何况也没有背包袱之类，不像走亲串友的外客。遂觉奇怪，待程湘业走远后，便悄悄从后面跟了上来……于是就发生了前面那惊险的一幕。

自清乡团和游击队打了这场遭遇战后，惊恐万分的彭颁锋更加警惕。除白天带领清乡团四处搜寻游击队外，晚上宅院还加派了双岗双哨，二十四小时加强看守。

一连几天，藏在山上的游击队正苦于无计可施，想不出办法如何攻破这森严的堡垒。傍晚，彭鉴堂的岳父张正良给游击队送粮食后和大队长邱育之闲谈。说最近山下田野的麻雀少了很多，大部分麻雀都往恶霸彭颁峰的家里面飞去了。张正良老人是这一带抓麻雀出了名的好手。因从小家庭困难，平时只能捉此野物打打"牙祭"。其实不足为怪，秋收季节麻雀是最多的。麻雀喜食

谷物，乡亲们的粮食都被这个恶霸强行抢去，所以麻雀自然就往他家飞去了。

邹墨池听到这个情况，大腿一拍，一条计谋涌上心来。他对张正良说，老爷子，在这里像您这样捉麻雀的能手还有几个呀？张正良想了一下，回答说，有好几个，加上我应该有十来个吧！邹墨池于是交待张大爷一个任务，要他三天之内抓800只麻雀，说到时有重用。待张正良走后，邹墨池又安排彭鉴堂暗地里通知农民把自家的粮食都密封起来，再吩咐游击队员秘密弄来煤油和鞭炮的药引线。

两天后，张大爷带着抓麻雀的同伴连夜工作，果然不负众望按时完成了任务。见到如此多的麻雀，邹墨池连声称赞。一边吩咐战士把抓来的麻雀集中在一起，两天之内只喂水，不喂食；一边吩咐当地农民假装交租，将大量的谷子送进彭宅堡垒，并悄悄地在院子里还撒落了一些谷粒。第二天一大早，天还只有麻麻亮，恶霸彭颁峰起来上厕所，刚出房门，就看见好多亮光漫天飞舞，而且一股脑地朝他家方向飞来。正疑惑着没看明白是怎么回事，就发现自己粮仓和堆放柴火的地方火光冲天。彭颁峰气急败坏嚎叫起还在睡梦中的民团喽啰们起来救火时，突然"轰隆"一声，院子前门被两颗手榴弹引爆得七零八落。早已埋伏在外的游击队以迅雷不及掩耳之势冲进了彭家大院，全歼反动民团，彭颁峰也在枪林弹雨中被打成了马蜂窝。

恶霸彭颁峰到死都没明白是怎么回事，这火光是怎么飞上天的呢？原来游击队把煤油淋在布条上，然后把布条和鞭炮的引线绑在800只饥肠辘辘的麻雀的脚爪上，在靠近彭宅的隐蔽地点点燃油布条和药引线再放飞，麻雀见到彭宅小山一样的稻谷和满院子的谷粒，自然不顾一切飞了过去。就这样，游击队利用这小小麻雀，实现了一次大胜利。

梅家洲突围

胡国才

　　安乡县革命老区梅家洲，是革命先烈追求真理、浴血奋斗的地方。土地革命时期，这里洒满了先烈鲜血，安乡游击队"突围梅家洲，浴血战斗"的故事在此广为流传。

　　1931 年夏，国民党反动派组织三十个团的兵力，利用洪湖、洞庭湖暴发洪水之机，第三次发动了对湘鄂西红军的围剿。安乡游击队在临澧、澧县一带活动，也受到当地保安大队官兵的多次围剿。为了保存战斗实力，当年冬季的农历 12 月，游击队返回安乡，队长邱育之、政委文学礼率游击队驻扎在梅家洲（原安昌乡，今三岔河镇），夜宿徐和阶家。

　　12 月初十，混进游击队想捞点好处的游击队队员李纯，因受不了敌人围剿的辗转之苦，不顾可能走漏风声，要请假回家，在未得到批准的情况下，李纯私开小差，在回家途中被捕。这个可耻的家伙，在敌人威逼利诱下，当场叛变，并向敌人供出了游击队宿营地点。

　　当天深夜，安乡国民党政府县长赵鸿，得知报上来的李纯叛变后提供的紧急情报，认为这是剿灭游击队的绝好机会。于是，立即组织县保安大队头目王泽猷、熊凯然，县饷械委员会主任钦灼亭等，纠集军警便衣达二百多人，在叛徒李纯带路下，从县城

赶往梅家洲，从西边包围。同时，赵鸿派人急令铲共义勇队副大队长李清萍，率官兵从黄狮嘴赶来，从东边包围，在梅家洲把游击队形成了合围。

十一清晨，大雾弥漫，十步之外不见人影。东西两岸合围的敌人，久闻游击队骁勇善战，这些贪生怕死之徒，大雾之下，他们不敢出击，只敢隔岸喊话，劝游击队缴械投降。游击队负责人邱育之、文学礼等，发现敌情严重，立即与大家商量，觉得扼守梅家孤洲，天亮之后就会全军覆灭，只能乘大雾突围。通过分析，梅家洲西边河水浅，东边河水深。于是决定，邱育之带领游击队向西线突围，文学礼带熟悉地形的班长苏大友、队员徐五斤断后掩护。随着大雾渐渐消失，东西两线的敌人一齐朝游击队埋伏地开火，子弹雨点似的向虎渡河梅家洲倾泄。游击队借助地形，边抵抗，边突围。几轮激战后，游击队成功越过敌人封锁。突围中，苏大伟、徐五斤两战士，在奋力掩护大家越过封锁线，完成游击队向城中乡（安猷垸）境内突围后，子弹打完，两人拉响了最后一枚手榴弹，与包围的敌人同归于尽，壮烈牺牲。

游击队突围成功，撤进城中乡，狡猾的敌人无计可施，就污蔑游击队为"土匪"，煽动老百姓抓"土匪"，队长邱育之被不明真相的群众用梭标刺穿肚子而被俘。队员金文森保管着游击队名单表，他急中生智，一口吞下队员名单，为不让武器落入敌手，又将手枪拆散丢入湖中，然后在文心桥投水自尽，慷慨就义。文学礼、苏大友、彭先儿、孟晓梅、周文光、伍厚永、李玉庭等打完所有子弹，先后受伤被捕。这次战斗，以游击队队长邱育之、政委文学礼、班长苏大友及八名战士共十一人牺牲为代价，损失惨重而突围。

敌人费尽心机，组织三百余人在掌握了游击队驻地情报的前提下，仍战胜不了三十余名游击队员，感到十分气馁，疯狂的敌人把气撒在老百姓身上，游击队突围的当天，敌人专程来到梅家洲，把徐和阶的住房烧得精光，把掩护游击队突围的杨友英的渡船锯成两截，一截栽在蹇家渡，一截栽在肖公嘴。敌人知晓孟晓梅是地下党员孟庆桃的弟弟，周文光是孟庆桃的丈夫，都是梅家洲人，孟晓梅牺牲后，敌人抓住孟庆桃与弟媳曾幺姑关进监狱，孟庆桃受尽折磨，始终守口如瓶，没有丝毫暴露游击队及负责人张连翘等人的去向，表现出了一个共产党员宁死不屈的崇高气节。

尽管梅家洲激战游击队损失惨重，但是，在十余倍敌人包围下，游击队仍有二十余人成功突围，留下了革命火种，为以后的革命武装斗争保存了有生力量。

张连翘三打李清萍

韩 霆

　　1933 年春季的安乡，阴霾笼罩着大地。不屈不挠的安乡游击队，还没有从梅家洲战斗失利的悲痛中走出来。面对严酷的现实，中共安乡县委副书记、安乡游击队队长张连翘根据省工委书记徐少保的指示，决定尽快恢复安乡游击队，封堵反动派关于游击队已被"剿灭"的谎言，同时点燃全县民众复仇的火焰。

　　此重担已压在张连翘的肩上。这位典型的水乡汉子，皮肤黝黑，高大而结实，炯炯的目光中透出坚毅和豪迈。

　　春夏之交的一个晚上，张连翘在自己的家中，秘密召集张凤翘、蒋兴武、欧阳春、张慎早、崔先德等游击队骨干商议，他低沉而坚定地说："根据上级指示，我们要尽快亮出游击队的旗帜，最好的办法就是打一个大胜仗。我已把目标锁定在李清萍身上。欧阳春带领一班负责侦察，蒋兴武带领二班积极备战，随时准备战斗。"

　　李清萍何许人也？他原是安昌乡黄狮嘴（今三岔河镇）的一个大恶霸地主，家有良田百亩，豪宅数栋，号称李家大院。此人精明强悍，左脸有一条长长的刀疤。马日事变后，他拉起了三十多人枪的反动武装，还被任命为铲共义勇队副大队长。终日横行乡里、欺男霸女，并且是围剿梅家洲的罪魁祸首之一。游击队只要一提起李清萍，个个恨不得食其肉、寝其皮。攻打李家大院，消灭李清萍，是游击队当前的首要任务。

一切准备就绪。几天后一个月黑风高的晚上，张连翘带领二十多名游击队员，悄悄包围了李家大院。李家大院宅深墙高，但警惕性并不高，院门内只有两个睡意朦胧的哨兵和一条护院犬。因为李清萍亲自参与指挥了梅家洲的"围剿"，以为游击队全部"消灭"，此刻李清萍正和他的老婆在正屋内房睡安稳觉，铲共义勇队员则睡在西厢房。机灵的欧阳春用毒馒头毒翻护院犬后，和崔先德翻过墙头，摸到院门，用小什子一人一个解决了哨兵，打开大门。张连翘一声令下："冲！"游击队员迅速冲进院内，一班冲向西厢房，二班冲向正屋。当一班接近西厢房时，一敌人正要起床撒尿，发现情况不妙，欲转身取枪时，被欧阳春一枪撂倒，其余敌人刚从梦中惊醒，就糊里糊涂地做了游击队的俘虏。枪声同时惊醒了狡猾的李清萍，他一听到枪声，弹簧般地夺门而出，翻墙逃走了。

这一仗不到半小时，就胜利地解决了战斗，俘获三十多人枪，但遗憾的是李清萍趁乱逃跑了。

第二天，游击队攻打李清萍的消息不胫而走，全县振奋，人们期盼的英勇的游击队又继续战斗在这块土地上。

逃脱后的李清萍不甘失败，又大肆招兵买马，很快又纠集了四十多人枪的队伍，并把李家大院加高加固，还在墙垛上架起了一挺歪把子机枪，扬言要与游击队血战到底。

游击队很快获取了情报，张连翘又召集部分队员商讨对策。有人说："我们不宜再攻打李家大院，墙高墙厚，又有机枪把守。李清萍上次吃亏后，这次会更加警惕。我们应趁他外出时打伏击。"也有人说："李清萍的铲共义勇队刚组建，缺乏训练，战斗

力不会太强。""对！"张连翘接过话说："只要我们指挥正确，战术得当，打下李家大院应该不在话下。特别是打掉李清萍意义重大，我们不仅要为死难的同志报仇，还要把反动派的嚣张气焰打下去！"于是当年夏天的一个晚上，张连翘带领游击队第二次包围了李家大院。

李清萍果然警惕性高了许多，当游击队刚一接近大门时，墙上的机枪"突突突"地叫了起来，把游击队压得抬不起头。机敏的蒋兴武看在眼里，急到心里，只见他几滚几窜几跳，快速向大门迫近。张连翘立即下令："集中火力，专打敌机枪"。好个蒋兴武，利用火力掩护的时机，把一捆集束手榴弹用力向大门掷去，只听"轰"地一声巨响，大门炸开了，墙垛上的机枪也哑了。游击队员一跃而起，冲向大门，与院内敌人展开激战。相持一个多小时后，敌人渐感不支，还击的枪声稀疏下来。张连翘果断命令游击队发起冲锋。一见这架势，敌人早已吓破了胆，纷纷举枪投降。清点俘虏时，唯独不见李清萍，经审问俘虏才得知，原来他见大势已去，从狗洞爬出逃了。

游击队员背着缴获的四十多条枪，兴奋地消失在夜幕中。

李清萍虽然两次挨打，损失惨重，但狗总改不了吃屎的本性，他恳请县政府补充武器，拼足人马，妄图卷土重来。但他也自知和共产党对着干没有好果子吃，更加谨慎，除聘请两名贴身保镖外，还在其卧室挖了一条地道，通向院外，以备不测。

转眼到了 1934 年冬季的一个伸手不见五指的夜晚，北风呼啸，阴雨连绵，气温几近零度。李清萍例行地布置警戒后，心想这么个鬼天气，游击队是不会摸过来的，于是放心地回房休息。哪知游击队正向李家大院奔袭而来。

原来游击队两次攻打李清萍后，虽斩获颇丰，但终究没有抓住李清萍，实在不甘。为了及早拔掉李清萍这根毒刺，张连翘决定利用这难得的恶劣天气，打李清萍一个措手不及。

这次张连翘在战术上也作了调整：命令一班埋伏在大门前，以作佯攻；待一班战斗打响后，自己带领二班，从西墙攻入，直捣李清萍卧室，来个擒贼先擒王。

午夜过后，一班向大门守敌发起攻击，一时间，枪声大作。听到枪声，张连翘立即指挥二班翻过西墙，向李清萍卧室悄悄摸去。李清萍也听到了枪声，马上挥舞着驳壳枪，猫在室内给手下打气："给老子狠狠地打，打死一个共匪赏大洋一百"。狡猾的李清萍也非常明白：来者不善。于是他一面高喊，一面掀开墙角的地道盖，只身逃遁而去。

当张连翘带领的二班攻到李清萍卧室时，早已空无一人，只见洞开的地道口。张连翘立马明白，他立即命令两名队员沿地道追击李清萍，自己带领余下队员从里往外打，两面夹击敌人。失去主心骨的敌人早已没有了斗志，在一片"缴枪不杀"的喊声中，纷纷投降。

战斗很快结束，除李清萍从地道逃脱外，余下四十多人枪全部俘获。李清萍从此吓破了胆，不敢踏上黄狮嘴半步。

三打李清萍，打掉了反动派的嚣张气焰，消灭了铲共义勇队。并把缴获的一百二十多条枪，除一少部分武装自己外，其余大部分分三次送给湘鄂西红军。

奇袭铲共义勇队

胡国才

　　1929 年冬，安乡游击队在黄狮嘴成立。这支队伍在成长过程中，历经大小数十次战斗。其中，奇袭白粉嘴铲共义勇队，就是经典战例之一。

　　1930 年夏，刚成立不久的游击队，得到地下党员孟晓梅提供的可靠情报，获悉安乡铲共义勇队队长张福全，带领 30 多人枪，驻扎在白粉嘴大地主周学初家，准备在安昌垸实施清乡剿共。当时正值七月，天气炎热，铲共义勇队多为好逸恶劳之徒，加上有 30 人之多，他们分散几处居住，枪支弹药却集中在周家由队长张福全统一保管。县委委员、游击队领队张连翘在综合分析情报后，和游击队商量，觉得这是一个十分难得的机会。消灭铲共义勇队，这样既可打掉敌人的嚣张气焰，打出游击队声威，又能有效地补充游击队武器装备。

　　说干就干。张连翘本人出生在安昌垸南堤拐，与白粉嘴相隔不远，十分熟悉这里的地形地貌。但为了确保消灭铲共义勇队的战斗万无一失，张连翘与游击队队长邱育之、副队长陈逸民共同商议，决定奇袭，一举消灭铲共义勇队。

　　且说张福全和周学初的铲共义勇队，他们仗着人多枪多，根本没把刚刚成立的游击队放在心上，那天晚上，张福全穿着裤衩在屋外乘凉，周学初的家人对张福全这位城里来的"大人物"，视为"贵客"，生怕得罪了，忙上忙下为张队长熏蚊子、倒茶水。张福全是个好色之徒，躺在纳凉的竹床上，瞄着年轻漂亮的周家媳妇雪白的皮肤，看见丰满的奶子在面前晃来晃去，不由得想入非非，他恨不得一枪打死周学初这个不懂味的老家伙，马上成就他的好事，可是，他又觉得这样做事太鲁莽，只得强压欲火。张福全想，就凭我张某人的本事，凡是我看上的女人没有得不到的，周家媳妇迟早也是我的一碗菜。张福全心里想着美事，不知不觉竹床上传来了他一浪高过一浪的鼾声，全然不知游击队已摸进了庄中。不一会，晚上灌了几杯猫尿的周学初，也带着几分醉意进入了梦乡。两个人比赛似的打着鼾，这一幕被侦查情况的游击队员察看得清清楚楚。

看准时机，游击队队长邱育之示意身强力壮的张进喜、龙望富两名游击队员干掉两个哨兵。这时，早已联系好的隐蔽在周家做长工的地下党员孟晓梅，赶紧悄悄地打开了后门，陈逸民带领 2 名游击队员负责观察情况，张连翘率领 10 名游击队员鱼贯而入，来到藏枪地点，轻而易举地缴获了铲共义勇队的 37 支步枪。在院子里睡觉的周学初听到动静，正准备起身看看情况，还未跨进堂屋，被观察敌情的副队长陈逸民发现，陈逸民抬手一枪将其击毙，倒在了大门口。狡猾的张福全听到枪声，吓得屁滚尿流，急忙躲进黑暗的角落里，趁乱摸进牛棚从后墙的破洞口一逃了之。树倒猢狲散，游击队员缴获枪支后，大喊："杀死张福全，活捉铲共队。"分散附近几处的铲共队员听到枪声喊声，乱作一团，想到的是保命要紧，有的趁乱逃跑，有的躲进了牛棚，有的往芦苇荡奔命，只恨爹妈少生了一条腿。这群乌合之众见大势已去，没有跑掉的一一束手就擒，跪地求饶。游击队成功奇袭，不到半小时就解决了战斗。

安乡首任县委书记陶季玉

一百多年前，在洞庭湖边一户小康人家，随着"哇"的一声，一个新生命诞生了。这就是后来成为安乡共产党人火种之一的陶季玉。因家境殷实，陶季玉平生酷爱长袍，也正是这象征富人的长袍，最终带走了他的生命。

陶季玉自幼睿智聪颖，小学毕业后，考入长沙明德中学。后因积极参加反对军阀赵恒惕的斗争，学校怕他惹祸，开除了他的学籍。1925 年，他考入北京民国大学。曾多次积极参加北京学联组织的反帝爱国斗争。1926 年初，他加入中国共产党，并以学生身份作掩护，从事党的地下交通工作。不久，调中共北京地方委员会下属的西部委员会，先后担任组织委员、书记。通过接头地点西城工人俱乐部与西部委所属 18 个地方党支部取得联系，秘密开展各项革命活动。

1926 年 3 月 18 日，陶季玉与中共北京地委西部委成员率领学生和市民参加在天安门前举行的声讨帝国主义侵略和段祺瑞卖国罪行活动，当游行队伍到达执政府门前请愿时遭到残酷镇压，他一面指挥西部委的游行队伍撤退，一面参与掩护李大钊脱险。后因不舍丢下鹅黄色长袍，没有听劝换成学生服装，身份暴露。按党组织的部署，于 6 月间与刘绍锋、周小康等人秘密潜回家乡湖南安乡，开展革命活动。

陶季玉等人回到安乡后，秘密筹建安乡地方党组织，从事地下活动。为帮湘鄂边贺龙部弄武器，他秘密争取刚回家乡的国民革命军军官张鹤龄（原名张修缘）。那是 1926 年 8 月的一天，澧水河边外洲的芦苇已有一人多高，密密麻麻延绵数十公里，张鹤龄的帆船按时抵达约定地点附近。月光倾泻而下，桅灯远远的发出连续三长一短的信号。藏在苇荡深处的陶季玉见状，立即迎上前去，并以桅灯做出回应。张鹤龄站在船头，晚风吹起他灰色军装的下摆，一柄勃朗宁手枪在腰间微微颤动。他看清了前来接枪人的鹅黄色长袍（这个季节穿长袍的很少，陶季玉约定的特征服装），两条船靠拢。船员开始转运枪支，张鹤龄默默地看着自己的船舱慢慢变空，陶季玉的船舱渐渐丰满，心中五味杂陈。这些枪支有俄国造的 1891 型莫辛·纳甘步枪，德国造的毛瑟手枪，还有汉阳造的枪支，都是好东西，足可以装备一个连队。10 月，中共安乡特别支部成立，陶季玉任首任支部书记。随后，陶季玉以个人名义加入国民党，帮助国民党湖南省执委会党务特派员熊珊、樊哲焕组建国民党安乡县执行委员会，并被任命为组织部长。随即利用国共合作的关系，积极筹建县工会、农会、女界联合会、童子团等群众组织。同时，按照毛主席倡导的"一切权力归农会"，大力开展农运工作，使全县农民运动迅猛发展。白天，胸前佩戴着"农民自卫军"符号的农民在田间地头劳作，晚上扛着红缨枪、大刀神采飞扬地在城关的街巷间巡逻。他还以县总工会副委员长的名义，将国民党县团防队改组为有 800 余人、600多支枪的工人纠察队。在陶季玉的争取下，安乡县团防队队长张玉龙（原为安乡黄山头土匪）接受了改编，由县工人纠察队统一指挥。他还创办了县农运讲习所，为全县培养大批农运骨干。在他的努力下，安乡红色政权迅猛发展。

　　然而，天妒英才。1927 年 5 月 21 日早晨，何键率领他的部队将常德所有革命团体包围起来。工人纠察队进行抵抗，遭到机枪扫射。当时，共产党员、革命群众 80 余人被打死。当天夜晚，驻长沙的何键部下第 33 团团长许克祥，率兵 1000 多人发动反革命政变，对革命党和工农群众进行了突然袭击。大批共产党员、工农群众以及青年学生倒在血泊中。这就是历史上的"马日事变"。陶季玉早在 19 日就收到了消息，果断地采取了一些对付反革命的紧急措施，紧急集结处于零散状态的农民自卫武装，解散革命据点，销毁共产党人名单。21 日，天气出奇的闷，还不到 6 月，就出现了高温高湿的天气，陶季玉预感到可能会出事，清早就换上了他心爱的鹅黄色长袍，并与爱妻告别："如果晚上我没有回来，就销毁家中所有文件资料。"8 时许，"马日事变"爆发，陶季玉与张玉龙一行紧急赶往官垱镇安排党员撤离。在官垱河面的船上，张玉龙突然拔枪顶着陶季玉的脑袋，露出狰狞的面目，逼他交出藏在鹅黄色长袍里的共产党人名单。陶季玉面对死亡临危不惧，大骂张玉龙不得好死，纵身一跃跳进河里。张玉龙连开数枪弃尸而去，血水一时染红了河面。5 月 27 日，陶季玉的尸体漂浮到 40 公里外他家门口新开口码头南 200 米处，家人打捞起高度腐烂的尸体，就近将其掩埋在河岸上。是年，陶季玉年仅24 岁。他那件鹅黄色象征富人的长袍，被爱妻周春林收藏后，现存放安乡档案馆。

　　"马日事变"发生后，白色恐怖笼罩了安乡。然而，安乡革命志士没有被白色恐怖吓倒，他们踏着陶季玉等先烈的足迹，顽强的继承着他们未完成的事业，终于取得了革命的胜利。

　　至于那个变色龙叛徒张玉龙，最后并未落得好下场。被国民革命军第 35 军军长、湖南省代省主席何键砍了脑袋，还被挂在了长沙城墙外的旗杆上。

女英雄王四儿

欧湘林

王四儿，本名王泽兰，1901 年 4 月 17 日出生在安障乡福昌桥一个贫苦农民的家里。父亲憨实厚道，母亲善良贤惠，全家勤劳和睦。在五个兄弟姊妹中，她排行第四，因此，邻里乡亲便亲切地叫她王四儿。

王四儿从小就跟着哥哥姐姐捡柴火、拾猪粪、搓草绳、编芦席、放牛羊，为家里分忧。在家人的熏陶下，她逐渐养成了热爱劳动、见义勇为、正直善良、乐于助人的美德，对不合理的事情，常出以公心，打抱不平，大家都很喜欢她。有一次放牛，一个叫东伢子的伢子欺负一个年小的同伴。王四儿看到后，特别不满，直言批评东伢子："我们都是看牛的，要和气，你年纪大些，不能以大欺小，以强欺弱，下次你再这样，小心姐姐对你不客气！"十二岁那年，国民党的一艘炮船开到福昌桥的河里设卡，见了农民装运的粮食就抢。王四儿闻讯后，对这种欺压百姓，搜刮民脂民膏的行为十分痛恨，对那些无辜受害的农民极为同情。她毫不畏惧，挺身而出，和炮船上的二十多个士兵针锋相对，公开评理："农民自己生产的粮食运到城里去卖，犯了什么法？农民种点粮食不容易，该交的粮交了，该纳的税也纳了，你们还抢，不让人活啦？"义正词严的斥责，说得众士兵们理屈词穷，

无言可答，只好溜之大吉。打那以后，当地群众都说王四儿是一个"角色"。

1926年，波澜壮阔的农民运动遍及三湘，安乡兴起了农民协会。身为"童养媳"的王四儿毅然挣脱封建包办婚姻，勇敢地投入到革命的怀抱。王四儿参加革命后，经常带领妇女、儿童到城乡进行游行宣传，动员群众向黑恶势力进行斗争。她办事干练、不辞辛劳，白天上县城汇报、开会，晚上回乡里组织活动。1927年，她担任了保堤庙农民协会妇女界联合会会长，每天走家串户，深入发动、组织妇女向地主豪绅、封建势力进行斗争。她带头剪短发、放小脚、喊口号、上夜校。在她的带领下，妇女们剪掉了巴巴头，甩掉了裹脚布，走出家门，站在了斗争的前列：查封烟馆，收缴烟枪，禁吸鸦片，禁止赌博……

"红旗卷起农奴戟，黑手高悬霸主鞭。"王四儿旗帜鲜明，对敌无情，对己热情。那年时逢灾年，她一边带领群众斗争土豪劣绅，一边访贫问苦，发动群众到地主家借粮。地主老财见她来了丝毫不敢怠慢，连忙献出一百多担粮食，让灾民渡过了难关。1927年4月12日，县城召开万人大会，斗争土豪劣绅、县议会议长张周丞。她带领保堤庙农民协会会员和妇女儿童，赶到县城五总操坪，和其他农民协会会员一起，积极要求处决张周丞。在万人大会上，她带头振臂高呼："打倒恶霸张周丞！"与会群众群情激昂，齐声响应。伪县长易凤祺出面讨保，"缓期三天"，大家坚决不答应。王四儿又发出愤怒的吼声："连县长一起拉去！"易凤祺吓破了胆，只得依照人民的意愿，将这个罪恶累累的大恶霸张周丞当场枪毙，广大群众无不拍手称快。

1927年，蒋介石在上海发动了"四一二"反革命政变。5月21日，湖南反动军阀也发动了"马日事变"，大肆屠杀共产党员

和革命群众。就在这天，伪县长易凤祺原形毕露，唆使已被改编
为工人纠察队的团防队队长张玉龙，大肆捕捉共产党员和工农积
极分子，杀害了中共安乡县首届县委书记陶季玉，破坏了革命组
织。同时，各区乡的土豪劣绅也倾巢出动，造谣诬蔑工农革命运
动。顿时，乌云翻滚，安乡城乡笼罩在白色恐怖之中。

王四儿的革命行动，早已被那些恶霸地主、土豪劣绅和反动
官僚怀恨在心，他们四处窥视她的行迹，到处通缉搜捕，妄图扑
灭革命运动的火种。

六月的乡村，梅雨连连。一天，反动军警荷枪实弹，杀气腾
腾扑到保堤庙村来抓人。乡亲们默默地保护着自己的会长，谁也
不肯说出王四儿的下落。敌人见缉捕不成，便另生一条毒计。他
们拿着枪棍，端着刺刀，将王四儿的弟弟王泽全和乡亲们全部赶
到村头禾场，威逼交出王四儿。不然，就把他们捉去抵"罪"。
在这紧要关头，女英雄王四儿大义凛然，挺身而出："好汉做事
好汉当，我就是你们要抓的王四儿，与乡亲们无关！"

王四儿被捉后，敌人以为她是个女人，感情脆弱，容易打开
缺口。于是便甜言蜜语，封官许愿，诱使她交出农民协会的其他
成员。

"王四儿，你是个女人，还年轻，生活的路还长，何必跟着
一帮泥腿杆瞎搞这种'痞子运动'。只要你交出其他农会成员，
我们保证让你官升三级。"

"呸！你们的官是黑良心的官，我王四儿头可断、血可流，
要我交出其他同志，你们办不到！"王四儿怒而拒之，丝毫不为
所动。

一计不成，又生一计。敌人见王四儿不为名利所动，随即对
她施以种种惨无人道的酷刑：灌辣椒水、坐老虎凳……在毒刑拷

打面前，王四儿始终未吐一字。

1927年6月12日这天，乌云滚滚，凄风嗖嗖，县城的大街小巷人头涌动，气氛显得特别悲壮。敌人脱光王四儿的上衣，将她五花大绑，游街示众。王四儿面不改色，昂首挺胸，拖着沉重的铁镣，一步一步向父老乡亲诀别。目睹王四儿这种视死如归的英雄气概，乡亲们无不为之感动，许多人暗暗流下了眼泪。

在敌人的押解下，王四儿来到五总操坪。最后的时刻到了，敌人要她跪下，王四儿"呸"的一声向刽子手唾了一口，"我王四儿跪天跪地、跪爹跪娘，就是不跪国民党!"接着就高呼："打倒贪官污吏! 打倒土豪劣绅! 农民协会万岁!"没容她再喊，刽子手就向她举起了屠刀……

年仅26岁的王四儿倒下了。这个普通农民的女儿，把自己年轻的生命献给了风起云涌的农民运动，把一腔热血撒在了养育过她的土地上，永远激励着后人。安乡人民没有忘记她，解放后，她被追认为革命烈士。

当代故事

故事

AN XIANG GU SHI

唐纯银种棉花

丁安辉

　　魁梧英俊的唐纯银，中华人民共和国成立后，一门心事种棉花，种出了经验，种出了成就，种出了威望。种成了与毛主席握手的全国劳动模范，种成了出席全国科学大会的国宝级人物。

　　1949 年 7 月，安乡和平解放。9 月的一天，唐纯银拿着扁担和毛绳，帮财主熊云清搬家。熊家住大湖口码头，房子宽大，区委决定临时征用设区工所。唐纯银刚走进熊家，正好碰到了区委书记冯国瑞。冯书记问清楚唐纯银是做工的，就鼓励他当年回去打基础，来年争取当模范。并说："共产党领导的政府，是人民的政府，要大力发展生产，满足人民需要，你就在生产上给我们带个好头！"当天下午，冯国瑞带着两个干部，特地考察了唐纯银的家。唐纯银父亲办农民协会坐牢，急成了青光瞎，唐家住一个旧茅屋，家具简陋，蚊帐破烂，是地地道道的穷苦农民，便确定为区委依靠和培养的对象。

　　区工所成立不到一个月，就派大湖口棉花收购站站长黄信，吃住在唐家，帮助唐纯银种棉花。1950 年，唐纯银种 22 亩棉花，改迟播为早播，改劣种为良种，改撒播为点播，改望天收为防治病虫，2 亩试验地产籽花 320 斤，相当解放前的 10 倍。20 亩大面积单产，也是解放前的七、八倍。当年，唐纯银评为全省甲等模范，区委书记冯国瑞、区长吕宝珠等敲锣打鼓，亲自把锦旗和奖品送到唐纯银家里。

1951年，棉苗出土后，久雨低温，损失惨重。唐纯银打破"棉不填房"的老规矩，在试验地移栽110多株，在互助组80亩面积移栽了3000多株，不仅成活好，而且结桃多。他把棉花移栽成功的喜讯，叫县人委秘书周仲元，写信报告毛主席。中央办公厅回信，向他表示祝贺。当年，他种的1亩试验地，单产比1950年增加100斤，又评为湖南省特等模范，受到毛泽东主席的接见。

1952年，唐纯银种2亩棉花试验地，开始向高产进军。立夏后的一天中午，他用德国产的"1605"农药，给试验地治虫。这种药毒性很强，由于天气闷热，唐纯银浑身汗湿，药水侵入人体，打完药回家，头部发晕，心里作涌，口吐白沫，突然倒地，气息微弱地睡了两天。母亲哭得死去活来，父亲找邻居借来"千年屋"，为他准备了后事。区委领导从县里调来医生，因农药中毒是首例，没有临床经验。立即送往津市医院，在医院治疗半月，才从阎王那里捡回一条命。当年试验地亩产籽花460斤，比1951年增产40斤。

1958年，"五风"盛行。唐纯银种2.7亩试验地，开始实行营养钵移栽，亩产籽棉612斤，这在全世界都是最高产量。有人要将他的实验地面积作六倍上报，他坚决不同意，不搞浮夸。这年，唐纯银评为全国劳动模范，年底出席北京6000人的先进单位、先进个人代表大会，再次受到毛主席等中央领导接见。1959年7月，经三次申请后，光荣加入中国共产党。

唐纯银视试验地如生命。"文化大革命"中，唐纯银被当作修正主义模范，受到批斗。前三次批斗，由于卫星队的婆婆姥姥保护，都未斗成。第四次批斗，由于省领导华国锋保护，也未斗

成。造反派把他与"五种分子"关在一起，成天挑土，扁担压成两截，累得不成人样。后受到县委机关干部保护，脱离危险。他每次挨斗后，一头扎进试验地，通宵观察虫情，挑猪楼粪一菀菀给棉苗施肥，浑身上下溅满了粪水。在动乱的1969年，他在失去爱妻、多次挨斗的情况下，试验地亩产皮棉跨过200斤。

从1969年后，唐纯银担任松湖大队党支部书记、安福公社（今大湖口镇）党委副书记、常德地委委员、地区棉科所副所长、省革委委员、省地县三级人大代表。担任的职务多，开会时间多，到卫星队参观的人多，还要到全国各地传经送宝。但他坚守卫星队，始终不离试验地。从1970年开始，将试验地由2亩扩大到4亩，每年培植20株棉花王，并进行品种、播期、稀密、药物、肥料等多项对比，把过去一垅四行改成一垅两行。

上世纪七八十年代，唐纯银不辞辛劳，把自己的种棉经验，毫无保留地推广到全国各主产棉区。有一年，他在湖南巡回报告40天，作了30场报告。张平化调山西后，把唐纯银接去，在全省巡回40天，作了20多场报告。农业部组织专家、干部上千人，叫唐纯银讲棉花高产经验，县委书记刘淑元，坐在一旁当翻译，专家学者们对唐纯银的植棉经验相当佩服，赞不绝口。

1978年，他出席了全国科学大会。

1979年，唐纯银61岁，没有退休，继续奋斗在试验地里。1990年72岁时，才办退休手续，但没有坐下来享福，还和县农业部门干部下乡，检查棉花生产，到各乡镇讲课。1997年，他与钱本孝种2亩试验地，亩产皮棉突破300斤大关。1998年，他们栽培的棉花王，结桃1326个，收入上海吉尼斯世界纪录。1999年，又栽了9株棉花王，平均结桃1200多个，这一年唐纯银已81岁。三年后，他因病离开人世。

　　唐纯银为我国棉花高产，奋斗了半个世纪。他忠心为党，爱国爱民，不谋私利。他不仅是全国著名的植棉模范，还是一位乡土诗人。有一首《植棉歌》，刻在常德诗墙上：

　　　　双百棉田建设好，百担家肥不可少。

　　　　因地制宜稀密植，力争铃重出絮高。

　　　　八字协调巧管理，猛攻早发早结桃。

　　　　确保伏桃过百斤，再增秋肥把产超。

　　　　通风透光剪枝叶，抗灾思想不动摇。

泥腿县长罗贻斌

毛 巍

说起泥腿县长罗贻斌，安乡没有一个人不竖起大拇指赞扬的。称他是"罗青天""罗八队"，从园田化建设到三下海南搞杂交水稻制种；从部署工业生产到促进社会民生事业发展。他处处想着群众，深入基层一线，是蹲点最多的县长，是清正廉洁的典型代表。

我是县长，我负责

罗贻斌做人做事，一如他的外表，坚毅果决。他常说的一句话就是："我负责！"

上世纪 70 年代初期，罗贻斌主持安乡农村工作，和他同年出生的袁隆平，已经成功培育出杂交水稻种子，开始在全国大面积推广。

1974 年夏天，罗贻斌在省农科院参观，看到杂交水稻穗大、粒多、产量高，决定在安乡推广 10 万亩，种子的问题自己解决。1975 年冬，他牵头组建安乡县南繁育种指挥部，亲自前往海南三亚租田制种，并获成功。但是，毕竟异地制种数量有限，不能满足全县杂交水稻发展需求。1978 年春天，安乡开始在县内探索制种。在原安猷孟家洲、北河口、蹇家渡三个大队大面积制种，结果失败，制出的种子抽穗时不耐高温、空壳率高、产量低。罗贻斌没有责怪大家，而是安慰说："科学的道路是不平坦的，一项新事物的发展不可能一帆风顺，挫折和失败是难免的，这事由我负主要责任。"并果断作出决定，将种子做商品粮处理。经过几年时间不断改进，终于制出了合格的种子。

安乡河网密布，历史上是出名的"水窝子"，千百年饱受洪患之苦。每逢高洪过境，罗贻斌总是站在抗洪抢险最前线。

1980年7月，安保大垸豆港河段洪水陡涨，近半临洪大堤出现漫溢，20多万亩良田和17万群众的生命财产安全面临严重威胁。

作为县防指总指挥，罗贻斌冷静应对，果断决策：火速调集民工！抢修子堤！挖导浸沟！垸内受渍、无土可取，挖大堤内肩就近取土！确保"水涨一寸，堤高一尺"！当时很多人不理解，认为挖大堤内肩取土危险性大。他几乎是吼道："我是县长，出了问题我负责"。人们看他发这么大的火，都乖乖的挖起了内肩取土。

恶浪拍岸。罗贻斌执意把指挥船停靠在沙眼最多、河浸最重、孱弱颤抖的黄家台堤段。"人在堤在！"他不顾危险，跨上子堤，鼓舞士气。随行人员劝他说不要冒险，出了问题（指牺牲）不好向组织、向家人交代。他仍然是那句"我是县长，我负责，你们怕可以不上"。

7天7夜后，豆港守住了！罗贻斌熬红了双眼，熬瘦了两颊。会心地笑了，这是胜利的微笑。

"罗8队"和"罗青天"

安獭公社（今深柳镇）孟家洲第8生产队有240亩耕地，230人，土地高低悬殊，水系紊乱，自然条件极差。时任安獭公社党委书记的罗贻斌提出向大寨学习，改造自然。发动群众苦干一冬，平整了全部土地，形成了五亩一丘、进出水方便的园田化格局。罗贻斌还组织社队干部到8队参观，推动了全社园田化建设。他住在8队赤贫户郭大娘家，拿自己的工资、粮票买米，帮助郭大娘度过了1966年春荒。罗贻斌任安獭公社党委书记期间，只要把公社的事一办完，就戴一顶草帽，穿一双胶鞋，骑一辆旧自行车，一头扎进8队。这种蹲点一蹲就是好几年，他与8队社员同吃同住同劳动，像钉子一样钉在8队。县里、部办、科局、公社的干部找他，都说在孟家洲8队。渐渐地，'罗8队'的名字就成了他的代名词。

1981年的一天，罗贻斌戴着草帽，穿着胶鞋，骑着自行车到安化公社（今三岔河镇）检查工作，见社员利用早晚时间甚至深夜偷偷烧砖烧瓦，用以改善居住条件。时任安化公社党委书记的熊宜斌担心罗县长批评这是资本主义尾巴，马上进行解释。罗贻斌不但没有批评熊宜斌，反而对熊宜斌说："宜斌啊，改变居住条件是老百姓的迫切愿望，我们应该顺应民意。为老百姓办实事，是我们的为官之本，你就组织群众干吧，有什么问题我负责！"熊宜斌立即把县长的话告诉了基层干部群众，广大社员欢呼雀跃，都说来了个"罗青天"。

心里总想着别人，唯独没有自己

在安乡县安裕公社新安大队（今大鲸港镇），有两间简陋农舍，茅草盖顶、芦苇糊泥作壁。这就是县长罗贻斌的家。

大队干部看不过去，要给罗贻斌家盖栋砖瓦房，他坚决不同意："等以后百姓都住上砖瓦房了，我家再修也不迟。"他这样对大队干部说。

同事、领导几次提议要为他妻子办理农转非，他总说："狂风吹不倒犁尾巴，当农民好。"就这样，好几次农转非的指标都让给了别人。

大队社员王友强患骨髓炎，命在旦夕，没钱交医药费，准备回家等死。罗贻斌得知后，他与妻子到处筹款，三天三夜奔走在亲戚朋友间，终于借到 1000 元。他马不停蹄亲手送到医院，挽救了一条鲜活的生命。

由于菜籽油紧缺，老百姓只得吃棉籽油，很多人出现恶心呕吐、腹胀腹痛、便秘头晕、四肢麻木等中毒症状，有的还出现肺水肿和肝肾功能损害导致呼吸循环衰竭而危及生命。为解决这一难题，他亲自试验稻稻油三熟制，大力发展油菜生产，几经试验，终于成功培育出三熟制稻稻油，结束了安乡百姓"吃棉油"的历史。

罗贻斌经常给干部敲警钟：小洞不补大洞一尺五。一个公社书记的会议，给每个人发了 5 个橘子。罗贻斌知道后，坚决要把橘子退回去。他说："贪是从馋开始的，吃不够就会拿，拿了小的就会拿大的，吃人的嘴短，拿人的手软。"大家知道他的脾气，只好把发了的橘子又收上来。

最后的日子，最挂念的还是工作

1983年7月15日，《湖南日报》登载了湖南境内各条河流水位上涨的消息，正在长沙养病刚被确诊为"左肺中央型肺癌晚期，并向纵隔转移"的罗贻斌脸上出现了从未有过的焦躁和忧虑。他几次催促其女儿打电话回安乡了解水情，当女儿劝他安心养病，不要老担心那里的水时，他第一次对女儿发起了脾气。此后的十多个日夜，成为罗贻斌在医院最难熬的十多个日夜。8月1日，当报纸报道全省又一次战胜洪水挑战，安乡大地安然无恙的消息时，罗贻斌像小孩一样手舞足蹈，开心地笑了。

8月5日，安乡几位泥腿子来到罗贻斌就诊的医院，给他带来了安乡的干部群众战胜洪魔和早稻丰收的喜讯。罗贻斌格外热情地和他们交谈，且不听医生劝阻，一谈就是半天，下午这几个同志离开后，他情绪非常激动，脸不停抽搐。为普通农民对他的纯朴情感而流泪，为自己因病再不能和他们同聚田边地头而伤心。

9月底，罗贻斌征得组织的同意后，向医生提出要求回安乡。他想利用最后一点时间回到他熟悉的土地上，回到情同手足的干部、群众身边。令人痛楚的是，癌症剥夺了他最后的希望和要求，回安乡不到两天，罗贻斌的病情急剧恶化，衣食住行不能自理，并且不停地咳嗽，腋下肿瘤疼痛，常常使他彻夜难眠。即使这样，他还是每天坚持收听广播新闻，就在他生命弥留之际，还挣扎着向来看他的常德地委工作组汇报了自己对县委、县政府班子的建议和设想。11月4日深夜，罗贻斌对时任安乡县副县长的张爱亲说了一句"我死后不要给组织添麻烦"后带着永远的遗憾

202

离开了安乡人民，年仅五十三岁。去世时，他仅留下 300 元的积蓄和上世纪 60 年代搭建的两间茅屋。

罗贻斌去世后，成百上千的安乡市民自发走上街头鸣炮送行，河中往来的船只也鸣起了汽笛，向安乡的抗洪英雄、人民的好县长致敬。

"爱亲堤"

胡国才

珊珀湖西边的安丰乡豆港村,濒临澧水要冲,有一段6100米长的防洪大堤,每年汛期,迎头抵挡洪峰袭击,百折不回坚如磐石,当地百姓亲切称它为"爱亲堤"。说起这个名称,大家永远记得它不平凡的来历。

水乡安乡头顶长江,脚踏洞庭,怀揣澧水,8条河流穿境而过,素有"洪水走廊"之称。位于安保大垸的豆港堤段,头顶七里湖,无风也起浪,有风浪三丈,每年进入汛期,都是安保大垸乃至安乡防汛的主战场。

1980年7月15日,澧水暴涨,安保大垸对河的乜家垸溃决,奔流的澧水倒灌而来。8月1日,豆港一线洪水流速达3米/秒,最高水位时超历史水位1.63米,豆港堤段全线漫水,洪水漫堤最深处达1.6米,时任县委办主任的张爱亲同志,亲自坐镇豆港堤段,靠前指挥抗洪抢险。入夜,洪峰袭来,连续奋战20余天的张爱亲,调集抢险队员组成敢死队,他把煤油倒入竹筒做成火把,争分抢秒加高子堤,洪水上涨1米,子堤培高1米,洪水上涨1.5米就培高子堤1.5米,誓与洪魔一较高低,死死将洪水挡在堤外。

正当洪魔降服,人们稍稍喘息的时候,忽然喊声大作,一段加高的子堤出现了决口。在这紧急关头，张爱亲迅速冲向撕裂的子堤决口，大声呼喊："共产党员、共青团员、敢死队员们快跟我来！"说完，他第一个跳向决口，其他人见张爱亲冲向决口，一个个也奋不顾身地跟上来。"快，手拉手连起来，共产党员站第一排"，张爱亲嘶哑的声音，盖过浪啸，盖过人声，以他为中心的200余人，手拉手组成的内外三层人墙，死死扼住了洪灾"老虎罩"。一个浪头打来，张爱亲身边的队员一个趔趄，张爱亲赶紧用自己坚实的身子抵挡。防汛民工看到张爱亲堵口场景，立即镇静下来，一个个快速投入抢险，大家把准备好的沙石袋投向决口，一场舍生忘死的拼搏开始了，经过一昼夜的殊死决战，终于修复了子堤，保住了大堤，让安乡最大的一个大垸免遭了一场灭顶之灾。可带头顶恶浪的张爱亲因连日操劳，病倒在防汛大堤上。

同洪灾洪魔的多次较量，使张爱亲总结出了一条真理，就是水窝子里的安乡人民，要确保汛期安全、要致富奔小康，必须革除水患，确保大堤牢固。为此，他在主持全县水利工作时，下大力气、下大功夫进行堤防建设。他把险堤险段重点修培，对澧水要冲的豆港堤段，在原来的基础上加高培厚3米，堤身截面加大120平米，并在防洪迎浪坡面用六角水泥块护坡，形成了固若金汤的防洪金堤。

今天，在金堤的保护下，老百姓安居乐业，当地群众发自内心地感受到在金堤内的幸福生活，为此，他们给豆港这段防洪大堤起了一个美名，叫"爱亲堤"。

钟恒山智保桃木港

孙万志

安乡张九台西北角的桃木港，上世纪三四十年代是一个靠澧水而居的小码头，别看码头小，但经营的行业比较齐全。就这名不见经传的小地方，一个名叫钟恒山的人发生过一次传奇性的经历，在老一辈人中，至今还被他们津津乐道着。

钟恒山祖辈行医，家境殷实。从小读过私塾，后进省城念书，是跑过大码头见过世面的人。成家后继承祖业，经营药号多年。其接人待物沉稳机智，办事灵活，处事公允，被当地选为保长一职。

1943年5月，日军68师团为配合常德会战，扫清洞庭湖周边障碍，从华容兵分两路进犯安乡，其中步兵133联队一路向西，沿黄山头、焦圻、津市、澧县扫荡。主力则从官垱、新口、黄狮嘴、蹇家渡扫荡而来。

在黄狮嘴，国军一个营与日军一部发生激战，国军伤亡惨重，余下人马不得不向西撤退。日军抓住一重伤士兵，让汉奸翻译严刑盘问国军残部去向，伤员艰难吐出"张九台桃木港"几个字后当场就死了。有意思的是，此牺牲的伤员是位长沙人，说的是标准的南边话（即湘方言）。而汉奸翻译是北方人，只懂西边话（即西南官话），对南边话不熟悉。而当时所处的对象又是奄

206

奄一息的重伤者，其发音功能也不是正常状态。所以汉奸翻译误听成了"张九台挑水巷"。

日军主力给攻入焦圻的133联队发去一纸电令，命令派遣一小队赶往"张九台挑水巷"截击溃逃国军。联队指挥官不敢怠慢，马上命令野田带领一小队日军从焦圻直下张九台。他们一路烧杀抢掠，老百姓吓得纷纷逃走。等赶到张九台时，天色已暗。日军抓住几位来不及逃跑的老百姓盘问，都因为不知道"挑水巷"而被残忍杀害，后来他们终于找到了保长钟恒山。

钟恒山接过野田递过来的纸条一看"挑水巷"三个字，惊出了一身冷汗，立刻就明白了是自己管辖下的"桃木港"。但他马上冷静下来，因为他知道，两个时辰前，自己儿媳妇的幺舅国军营长带着从黄狮嘴撤下来的几十号人就躲藏在桃木港张家院子。要是把日军引过去，背上一个汉奸的罪名不说，一旦双方交火，在桃木港自己经营多年的药号就会毁于兵灾。而刚刚死里逃生的国军说不定也会被日军包了饺子，到时候血流成河，尸横遍野，好端端的桃木港的老百姓也难免遭受池鱼之殃，自己岂不成了千古罪人。钟恒山略一思索，赶紧对野田点头道："太君，您放心，这地方我知道，不要着急，贵军长途跋涉，现天色已晚，我想贵军还未吃晚饭，现在我马上吩咐家人为您做饭，等用完餐就派人送你们去'挑水巷'。"饥肠辘辘的野田小队长很高兴，连连夸钟恒山道："良民的，哟西，哟西"。

钟恒山叫来大儿子和儿媳妇给日军做饭，并拿出好酒好肉招待他们。狡猾的野田拉住钟恒山坐在屋里不准出门，又在门外派两名士兵看守监督，怕有人走漏了消息。等他们吃完饭，钟恒山又叫来精明的小儿子泥鳅哥，当着野田的面吩咐道："你去幺舅那里转告一下，要他准备几条船接应太君过河，"说完连眨了几

下眼睛。泥鳅哥应声踏着飞快的步子向外跑去，野田早在钟恒山热情招待下松弛了警惕的神经。一盏茶后，钟保长提着马灯带领酒足饭饱的野田小队赶到澧水河边，指着五里外对岸高阜处隐约闪烁的灯火对野田道："太君，那个亮灯的地点就叫挑水巷。"随即，举起火把对前方划了三圈，泥鳅哥和几个精壮的小伙子从芦苇丛中划出小船靠上岸来，野田非常满意，连连竖起拇指："哟西，良民的，大大的好。"

泥鳅哥带领装满日本兵的小船朝灯火的方向驶去，就在芦苇深处，突然一声呼哨，泥鳅哥和几位划船的小伙扑通一声跳入了水中，旋即不见人影。等野田惊醒过来，四周芦苇丛中突然枪声大作，随即火光冲天，一小队日军全部干净消灭在澧水河中了。

原来，钟保长吩咐小儿子泥鳅哥向幺舅派船接应时，聪明的泥鳅哥早已心领神会，他跑到桃木港报信，并与幺舅约好在芦苇丛中设下埋伏，由泥鳅哥带领日军进入芦苇丛的伏击圈，于是就出现了前面精彩的一幕。

王运生勇斗日本兵

孙万志

　　三岔河镇格道湾村地处安乡县东南角，与南县交界。据说这里的居民大都从长沙、湘潭、浏阳、益阳迁徙而来，他们聚族而居，围湖造垸，过着传统的农耕、渔业生活。后因三教九流、土匪窃盗日渐增多，这里的居民就形成了练武防身的传统。

　　王运生就出生在这样一户祖传武术之家。虽个头一米七三，但身体浑实，性格彪悍，又因从小愤世嫉俗，好打抱不平，被当地人称"运包了"。由于武术功底好，后又跟一弃恶向善的土匪练得一手好枪法，十九岁时他就加入了"汉流会"（属当地一保境安民的组织）。

　　一九四三年五月，日军独立混成旅为配合常德会战，扫清洞庭湖周边区域军事障碍，沿官垱，三岔河、黄狮嘴、白粉嘴、蹇家渡水陆并进，向南县白蚌口、厂窖一带扫荡而来。当时国民党第七十四师一个团就驻防在八百弓南间堤一带。

　　途经的日军一路烧杀抢掠，老百姓吓得纷纷而逃。到格道湾时，王运生和村民都藏身在村旁的鸭踏湖芦苇丛中。远远看见疯狗一样的日军涌入村里后，到处射杀家畜，扑捉家禽，烧毁民房。一时间，整个村里鸡飞狗跳，浓烟滚滚。王运生恨得差点咬碎满口的钢牙，可毕竟敌人人多势众，手里有枪有炮，好汉不吃

眼前亏，只得暂时忍住一时之气。正在这时，一阵烟风吹来，以练武之人灵敏的耳目，王运生好像隐隐约约听到有人喊救命的呼声，仔细再听时，声音又好像没有了，眉头紧锁的他搜视了几遍前后左右的村民后，一时想不起村里还有谁没有撤出来，遂向旁边的伙伴刘奎问："奎伢子，你看看俺村里还有谁没出来？"

虎头虎脑一脸孩子气的刘奎把在场的人仔细清理了一遍后，又抓耳挠腮了半晌，才一拍手掌说："运哥，是不是陈四婶娘家南县那边来的姨侄女？听说前两天中了暑病倒了。"

被一语惊醒过来的王运生，面色凝重地对大家说："应该是她，我们要马上去救人，再晚恐怕就来不及了。"当即在众人一再嘱咐下和刘奎上了岸，稍拧了一下早已湿透的衣裤，就一前一后向村里悄悄掩身而去。

两人刚走没多久，驻防在八百弓南间堤的国军七十四师和日军先头部队就已"砰砰啪啪"打了起来。日军向空中发射了三枚信号弹，通知其他部队迅速向南间堤靠拢。等王运生和刘奎赶到村口，日军早已撤走，只留下一片狼藉。两人此刻无暇顾及还在燃烧的房屋，径直朝陈四婶家奔去。为安全起见，王运生吩咐刘奎到屋后周边察看一下，自己则向堂屋走去。摸到房屋右偏房窗下时，他从窗口破洞向里看了一下，不禁大吃一惊，里面的情景令这位中年壮汉也惊得呆若木鸡。只见靠墙边一张床上，一三十岁左右的女子衣服凌乱，洁白的胸脯上鲜血淋漓，杂乱的头发血迹斑斑，至死也未瞑目的眼里还充满惊恐和绝望的神色，显然在咽气前不知经历了怎样的殊死搏斗。

王运生的脑袋"嗡嗡"作响，被现场的惨状刺激得血脉偾张。他忽地站起身，大步走出堂屋。刚出堂屋，进了厨房，王运生就愣住了，他看见厨房里有一个大个子日本兵，坐在饭桌边打盹小憩，灶沿边摆着一支乌亮的三八大盖，桌边放着还未喝完水的木瓢。从日本兵沾满血迹的衣帽来看，现场奸杀女子的凶手一定是他。王运生狠狠地盯着眼前这头禽兽恶魔，眼里冒出了愤怒的火光。那日本兵一听有人进来的声响，正好也睁开了眼睛。职业军人的警惕使他迅速拿起了灶沿边的三八大盖，枪刚抬身还未拉开枪栓时，王运生就一个箭步冲上去抓住了枪管猛然向后一拉，嘴里大喊一声"狗日的杂种"，同时飞起一脚就踢向日本兵的下腹。日本兵腹下一痛，手一松，嘴里"叽哩哇啦"发出了一声低吼，随即"噔噔噔"地向后倒退了几大步才稳住身体。王运生扔掉枪，飞快地解开上身湿漉漉的单衣，露出了一身雄健的肌肉，脸上带着轻蔑的眼光斜视着这头铁塔狗熊。就在这当口，从后门进来的刘奎不知何时手里提了根木棍，同时也看见了右偏房屋内的惨状现场，一上来就愤怒地大叫："畜生，我要杀了你！我要杀了你！"伴随着兜头的木棍劈打而下。那日本兵由于身材高大无以低头躲避，遂反手一挡，"啪"的一声就接住了刘奎劈下来的木棍。或许用力过猛，把刘奎整个人拉得飞了起来，随后两人同时跌倒在地，滚在一起。刘奎个子小，哪是日本兵的对手，一下子就被咆哮的日本兵压倒在地，还被死死地卡住了脖子。说时迟那时快，王运生顺手抄起门旁一把铁锹，对准日本兵的脑袋狠狠拍了下去。那日本兵本能地把头一偏，铁锹"啪"的一下结结实实就砸在了他的肩膀上。伴随着"嗷"的一声怪叫，日本兵就地一滚，放开刘奎，踉跄爬了起来，顺势抓起刚才的木棍，和王运生相向对峙而立。至此王运生才看清那日本兵满脸鲜血，刚才那一锹下去虽没有要了他的狗命，但无意中刮掉了他的左耳，痛得他呲牙咧嘴，惊恐万分。王运生大声向刘奎喊道："奎伢子，快去多喊几个帮手过来。"刘奎翻身而起，捡上三八大

盖，应声冲出了门外。同时，那恶狼一般的日本兵提起木棍凶狠地扑了上来，王运生后退一步，随即吐气运势，把一铁锹舞得风车一般，打得日本兵节节后退。就在这时，陆陆续续回到村里察看情况的村民，听跑出去的刘奎说还有一个日本兵落单在村里时，人人拿着锄头、铁锹、木棒、鱼叉就赶了过来，一时间群情汹涌，人声嘈杂。那日本兵一看形势不妙，嘴里"叽哩哇啦"乱叫乱嚷，像一头犹斗的困兽。当他狠狠几棍逼退王运生后，一躬腰转身就从后门撒开腿逃跑了。

王运生一面吩咐追击的人们四面包围，一面提着铁锹和刘奎一前一后紧紧追赶。就这样追了将近四十分钟左右，那日本兵被他们赶到了藕池河堤脚，看到四周越来越近的人群，不得已"扑通"一声就跳进了河中。等王运生众人赶到堤脚时，日本兵已游了二十来米远了。几位年轻的小伙正准备脱衣下水时，王运生拦住了他们，并向村民大声说道："乡亲们，你们放心，这狗日的跑不了。"顺手从刘奎手里拿过三八大盖，熟练地拉开枪栓，稍一瞄准，只听"啪啪"两声枪响，那逃命袅水的日本兵就一头沉入了奔涌的河里，再也没有冒出头来，众人只看见一大片血红的河水滚滚向下流去……

王运生平凡一生，膝下儿孙满堂，八十年代中期病逝，享年七十六岁。唯此次勇杀日军的壮举在格道湾一带被人啧啧称颂、津津乐道了好多年。尤其格道湾村的老人说起那段往事，都会不由自主腾生出一种特别的骄傲，因为这是出生在他们本乡本土的抗日英雄！

连长皇甫仁

潘海清

皇甫仁，虽然是一位极为普通的军人，但他一生有着许许多多的传奇故事。

1912 年 11 月，出生于河南省中牟县一个小商贩家庭。他自小就喜欢书，还在读完小时，离家不远的李家庄，住着一位李先生。先生是清末的秀才，家里藏书很多，皇甫仁便常到他那里去借阅。李先生也很喜欢皇甫仁，时常教他如何读书、作文、习字，给他讲历史。慢慢地，皇甫仁便读了《三国》、《水浒》、《四史精华》等许多书籍，从此，他明白了很多道理。由于他聪明好学，高小毕业后，便考上了中牟县"公立中学"，很快，三年中学毕业即留校任教。

他也很喜欢历史，从历史书之中，清楚认识到，中国要强盛，必须要推翻旧制度。在任教期间，他写了很多文章刊载在《南明杂志》上，老师同学看后，都拍手称赞。此后，常常三两好友，指点江山，激扬文字，抒发内心的抱负。

1937 年抗日战争爆发，日本很快侵占了华北、华中地区，他感慨万端，立志弃笔从戎，并挥毫写下：

> 废书学剑走邯城，
> 只为中华杀倭兵。

　　　　　从今不做书生态，

　　　　脱去蓝衫换战襟。

　　1937 年 11 月，他向校长辞职后，随着火车一声长鸣，冲破茫茫雨雾，直奔古老的河北邯郸城，参加了国民革命军，从此，走上了军旅生涯。抗战时期，曾参加过"兰封会战"等很多大型战役，为抗战贡献了他的青春年华。抗日战争胜利后，被编入国民革命军第 92 军 21 师警卫营，并担任一连连长。期间，他一直厌恶内战，尤其是解放战争后期，认识到了国民党的腐败，中国共产党为老百姓谋利益，得到老百姓的爱戴与拥护，且共产党领导下的中国人民解放军英勇善战，无坚不摧，认为国民党气数已尽，中国一定是共产党的天下。

　　1948 年 8 月，部队驻守在河南确山，根本抵挡不了解放军的强大攻势，部队准备弃城逃窜。就在弃城的当天，营长命令他火速前往师部受命，于是，他带领部下赶往师部，命令是：天黑前负责处决 6 名"共匪"的任务。他带领士兵们押着 6 名"共匪"走了十几里地，途中，他心情很沉重：上级这是在草菅人命啊！这些年轻人都是有理想、有抱负的，我不能这么做。于是，他考虑再三，心里已经有了打算。

　　当行至到一大片高粱地时，他让部队停下，把连副及身边几位平时合得来的士兵喊在一边说："弟兄们，我们平时情同手足，今天我要做一个重要决定，把 6 位共党放走，你们认为如何？"连副说："老大，我服从你的命令，反正国民党是兔子尾巴'长不了'了，只要你想放人，我坚决服从。"另一士兵说："连长，恐怕我们回去交不了差，如果有人告密怎么办？"皇甫仁说："这个好办，我来安排。"这时，他和连副耳语一阵后回到原地对士兵说："接上级命令，共党攻城在即，留十名士兵处决"共匪"，其余随连副迅速回营地待命。"连副点了十名士兵留下，就带着其它士兵跑步回营了。

这时，皇甫仁命令留下的士兵分别为6名"共匪"松绑，"共匪"们也没有做任何反抗的动作，站在原地一动不动等待枪决。皇甫仁这时对6名共党说："前面往南走二十里地就不是我们的防区了，你们快走吧！"这时，6位共党回头望着皇甫仁，不相信这是事实。皇甫仁接着说："各位兄弟，我叫皇甫仁，你们都是好人，还不快走就来不及了，日后再见。"6位共产党人见他说得十分诚恳，相信这是真的，于是，深情地双手抱拳说："谢谢你们，后会有期。"他们随后一步一回头地往高粱地深处跑去。皇甫仁见"共匪"们已跑了几百米远了，命令士兵们朝天空放了几梭子弹，就迅速回营去了。

1949年1月，傅作义在北平率部起义，皇甫仁也随部队起义后，编入中国人民解放军独立53师，继续担任连长。

1951年冬，皇甫仁随家属复员到安乡县原安造公社理兴垱镇，并安排在官垱镇当秘书。1958年，大跃进开始，一身军人气质的他，不满当时的浮夸风，就一句"胡来，乱弹琴"的牢骚话，让他丢失了饭碗。

他一生不求人，靠自己硬朗的体魄，就在官垱镇码头挑水卖以维持生计。1963年"四清"运动开始，他又被划成了"黑五类"，就连他挑水卖的资格都被剥夺了，只得随妻子回安全公社槐树大队（今安全乡槐树村）务农。也就是这顶"黑五类"的帽子压得他喘不过气来，规规矩矩做事，从不乱说乱动，此时，他真的绝望了。

1964年3月，随着"四清"运动的深入，四清运动从"清工分、清账目、清仓库、清物资"改为了"清思想、清政治、清组织和清经济。"省里派了"四清"工作队进驻了安全公社。一天，队

长孙卓先在审查"黑五类"名单时,"皇甫仁"三个字进入了他的眼帘,难道这是我要找的那个皇甫仁?这时,他心情非常激动,随即把公社党委书记周世文喊来了解相关情况,得知皇甫仁有可能就是当时河南确山放走他们的那个人时,决定马上要和皇甫仁见面。

1964年5月6日,这是一个晴朗的日子。上午九点多钟,大队广播通知皇甫仁迅速赶到公社问训。听到广播后,他心里发抖,又不知有什么灾难来临。从秧田里起来放下裤脚就往公社跑,生怕耽误了时间,到公社时已接近中午了,走进公社办公室他来了个标准军礼,"报告,皇甫仁报到。"

这时,坐在办公室的孙卓先听到"报告"迅速站了起来,上下打量着眼前的这位"五类分子",他怎么也不相信,这就是十多年前的救命恩人。他当即倒了一杯水,端了一把凳子,示意让皇甫仁坐下,皇甫仁却说:"报告,我是'五类分子',不能坐。"他看到皇甫仁硬是不肯坐下,便问到:"你叫皇甫仁?""是,我叫皇甫仁。""1949年前你在干什么?"皇甫仁应声道:"1949年前,我是国民党军。抗日战争时期,属国民革命军第七集团军。解放战争时期,属国民党第92军,本人是21师警卫营第一连连长,师长王念山"。这时,孙卓先早已热泪盈眶,他,就是我找了多年的恩人呀。随即他向皇甫仁行了个军礼道:"皇甫连长,我叫孙卓先,我就是在河南确山执行枪决中,你放我们六人走的其中一人,现任安全公社四清工作队队长。"这时,其他在场的几位人员,听到他们对话后,既惊讶又感动,大家抢着拉皇甫仁坐下。孙队长说:"你立了大功,让你受苦了。"皇甫仁说:"孙队长,你们都是好人,你为人民、为祖国立了功,本来就不该死。"

事后,在那个一切以阶级斗争为纲的年代,孙队长经过多次斡旋,皇甫仁终于摘掉了"分子"的帽子,直到2001年冬逝世,享年90岁。

四大嫂拥军

谌天喜

一九九八年，长江爆发百年未有的大水，滚滚洪流像一群饥饿的猛兽，向江河两岸的堤垸发起了一次又一次的冲击，给人民的生命财产带来了极大的威胁和担忧。俗话说：水火无情。你越是担忧，忧心就来了。8 月 7 日凌晨一点，长江大水撕开了湖北黄金大垸的堤防，42.35 米的高洪，铺天盖地向安造北堈堤袭来。

这对一条宽只有 3.5 米、高 5.3 米、平均不到 40 米水位的3000 米分界堈堤，无疑是一场灭顶之灾，同时也预示着洞庭湖区劫数难逃，情况万分火急！

紧急关头，湖南省委、常德市委、安乡县委迅速组建了安造北堈堤抢险指挥部，作出了抢修北堈堤的决定。党的一声令下，塔山英雄部队的 1000 名官兵来了，沿线十个乡镇的 4000 名基干民兵来了，上午九点各路人马准时到达指定地点，行李一放，就投入了抢修北堈堤的战斗。

时间就是命令，时间就是生命。阵地上战旗飘飘，队伍里口号震天，挑土的、扛袋的你追我赶，打桩的、填石的奋勇当先。头顶 40 度高温，脚踏冒烟的地皮，一个个挥汗如雨，湿透衣背。渴了，在有水不能喝的情况下，捧一捧苦涩的井水润喉，饿了，

吃两块干枯的饼干充饥，没人叫苦，没人喊累，大家只有一个共同的心愿，那就是保卫洞庭、保卫家园。

特别是塔山英雄部队官兵们，他们身先士卒，奋勇拼搏，哪里有困难，哪里就有他们的身影，脏活、难活、重活全包干，不分彼此抢着干，肩抬肿了、手压破了，小病不下火线，轻伤不下战场。这一幕幕感人的场景，印在了黄山头镇虎山村前来打探水情的潘、罗、刘、王四位大嫂的心里，在义务参加抢修堤堤半天之后，火速赶回村里，路上商量了一个拥军计划，决定每人拿出抗灾度荒的救命钱 200 元，共计 800 元购买鱼肉瓜菜，要亲手做一顿可口的饭菜去慰劳人民子弟兵。

计划一出，各执其事。少不了潘大嫂的拿手好菜红烧砣砣肉、罗大嫂的糖醋块块鱼、王大嫂的剁辣椒凉拌绿绒瓜、刘大嫂的坛坛萝卜甜洋姜，外搭八宝糯米饭和锅巴粥，还商量了一个快脱身的好办法。

第二天上午，四位大嫂挑着饭菜上了自己准备的小木船，划船荡桨从虎山村向北堤堤进发，船过明塘湖，停靠在塔山英雄部队指挥船的堤脚下，恰好部队正准备开午饭。饭前，见一位同志拿着盒饭边发边说：同志们，对不住哒，这几天买菜不方便，生活只能是老样难改变，还请大家多原谅，又是干巴溜秋一盒饭。

四大嫂一见机会到，齐声对着大堤喊：解放军同志，我们这里有饭菜卖，可以先吃后给钱。

司务长一听喜出望外，脸上阴天转晴笑开了颜。同志们拿碗盘，依次摆在堤上边。四位大嫂传递眼神按计办，先分锅巴粥，再装糯米饭，鱼肉瓜菜接着就上盘。堤上摆起十大桌，胜似过节大会餐，同志们个个吃得笑嘻嘻哒，四大嫂假装洗涮上了船，等到司务长拿钱来结算，四位大嫂划船已到明塘湖中间。"大嫂，账还未结"。"一家人结什么账"。"那你们留个姓名地址，我给你们送钱去"。"我们是灾区留守部队 389961 团的战士"。

铿锵有力的声音，回响在明塘湖上空，这鱼水深情的军民关系，不就是北墹堤抗洪抢险取得伟大胜利的保证么？

"胖老善"

杨新华

书院洲大垸里住着这么个老人，胖胖墩墩，肚子大得像弥勒佛，团团的脸上，整天挂着一种善意的微笑。每天从早上到晚上，总是在这个大垸里看见他忙这忙那的身影，无论垸子里谁要他帮忙，他都会乐意地去帮助别人，所以，书院洲大垸里的人都称他为"胖老善。"

"胖老善"本姓杨，是一个退了休的老船工。而这个书院洲大垸，原来是政府划给航运公司的，住的基本上都是船民，也没有谁不认识这个老人的。这个老人喜欢喝点酒，更离不开茶，在他休闲的时候总是抱着一个茶杯和别人聊天，一旦讲起他的驾船经历，他就来劲了，如果被有心人听到了，可以写上一篇长长的小说。

1998 年 7 月，安乡县的大河里涨了好大的水，洪水已经漫堤了，挑的子堤拦着漫堤的洪水，随时都有被洪水决堤的可能。这下"胖老善"就没有住脚手的时间了，不是帮这家帮忙搬东西，就是帮那家扎救生簰筏，可自己家里没有管起。别人问他为什么不管自家的东西，他回答说，反正没有什么值钱的东西，如果被水冲走了也不后悔。7 月 24 日书院洲的大堤没有经受洪水的考验，决堤了。这个大垸里的人一下子就乱套了，有的哭爹喊娘，有的慌忙火急，有的吵架骂人。"胖老善"安慰这个，又劝说那个，告诉大家我们这里与决堤的地方还隔着一道堤，要大家不要慌。大家听胖老善的喊话后，也就没有那么慌了，都有序的进行转移。

决堤的第二天，骄阳似火，气温高达三十八度以上，县城保卫战拉开了序幕。部队官兵来了，各地抢险民工队伍来了，政府的官员来了，住在这个垸子里的老百姓长长地嘘了一口气。大堤上抢险堵口的军民舍生忘死，昼夜苦战，个个热汗淋漓。"胖老善"看到这个景象后，感觉自己帮不上什么忙，连忙跑回家，用大锅要老伴烧着开水，把自己最好的茶叶放到了开水里，然后挑到堵口抢险的地方，让抢险的军民解渴，一担茶水最多十几分钟就喝完了。老人是送了一担又一担，连送了几天，直到决口完全堵住。

几天来，抢险的军民没有不认识这个胖老人的，见到老人送去的茶水，都放心大胆地喝，每喝一杯茶，个个都伸出大拇指。受了"胖老善"的影响，左邻右舍的船民纷纷参加了送茶的队伍，有的熬了"一匹罐"凉茶，有的熬了"黄山绿茶"，有位姜大嫂还熬了特别解渴的"苦丁茶"。这桩自发的"送茶"与"赛茶"活动很快在堵口工地传为佳话。

汤家岗遗址发现第一人

王月娥

　　1977年春季的一天，身着一件洗得泛白的藏青中山装、下套一条灰土布长裤的民办教师潘能艳正走在下班回家的路上，这是一条布满土疙瘩的黄泥路。

　　潘能艳在槐树学校教书已十几年，每天上班、下班走这条泥路，也是十几年。

　　潘能艳走着走着，一块拳头大小的石头碰到他的脚尖，他本能地将石头狠狠地踢出去。小石头笨拙地滚几下，在几米之外停了下来。

　　平日里，潘能艳也有类似的举动，一脚能将石头踢出十几米远。可这次也是那么狠狠的一脚，石头竟然只滚出几米远！奇怪！潘能艳走近看了一眼石头，也就是那一眼，他所有的注意力全集中在那块石头上了！那不是一块平时最常见的圆润光溜的鹅卵石，也不是司空见惯的有棱有角的石块，而是一块被打制后又仿佛被人有意磨制一番的石头！"怎么会这样呢？谁会如此无聊到磨一块石头呢？"石头表面斑驳，已是年代久远。潘能艳头脑中立刻闪现出他正在教的《社会发展简史》课本中远古人类的磨制石器的插图来。"啊，莫非这是——"潘能艳拾起石头，翻过来，覆过去，上下左右，前前后后，反反复复，仔细地看了又看。他越看越激动，这应该就是一块远古时代的磨制石器！虽然磨制得不是很精细，略显粗糙，但就是那种粗糙更加坚定了他的肯定——那就是一块远古时代的磨制石器！

潘能艳在附近仔细搜寻起来：土旮旯里，路旁草丛里，他一丝儿也不疏忽！他还真的惊喜地找到了另外几块，只是外形上不同而已。当晚，潘能艳在昏暗的油灯下认真地研究拾到的几块石头。几块石头已被他洗刷得干干净净，打磨的痕迹更清晰了。第二天，潘能艳拿着石头，走访了村里的几位年长者，希望能打听到有关石头的信息。但几位年长者摇了摇头。第三天，潘能艳马不停蹄，硬是一刻也不懈怠地走了近三个小时，出现在县文化馆。当他从黄书包里掏出几块布包着的石头，小心翼翼地放在办公桌上时，在场的工作人员顿时看呆了。经过一番观察与研讨，县文化馆考古人员一致认为——这几块石头来历非凡！

接下来几天，这几块石头被送到地区文物考古队。专家们对石头议论纷纷，感叹不已，一致认定——几块石头属重要文物。之后，此事又惊动了省城和国家文物专家。经专家们鉴定——那就是几块远古人类遗留下来的磨制石器！

消息传到县里，传到刘家大队（现安全乡汤家岗村），一片欢欣！

1978 年，省博物馆和省考古研究所对汤家岗进行了首次发掘，1990 年和 2007 年，又先后对其进行两次发掘。三次发掘，一大批长埋黄泥深处的白陶、彩陶、碳化稻谷、各种形状的磨制石器、动物残骸及环壕土围、远古人类居住的房屋基脚等等，重见天日。

三次考古发掘的重大发现，震惊文物界。汤家岗遗址，被确定为长江中游地区新石器时代重要遗址，并独立命名为"汤家岗文化"。2013 年，还列入全国重点文物保护单位。而潘能艳则成为了汤家岗遗址发现第一人。

天保村的日本媳妇

谭兵生

在安乡县三岔河镇天保村流传着许多动人的故事，这里有个日本媳妇就是一个真实的故事。

日本媳妇名叫畑洋子，1947 年由家住天保村的葛名提从外地带来，在这个地方居住了近半个世纪。

葛名提是天保村葛家的独子，1941 年刚满二十二岁就被抓去当兵。他先在贵阳服役，管理后勤。1943 年参加远征军去缅甸抗日。1944 年部队回国到苏南，驻扎待命时巧遇了畑洋子。

畑洋子在日本卫校毕业，因母亲病逝，后母对她百般虐待。1942 年与当日本军官的哥哥来华当随军医生。在一次战争中兄妹走散，无奈之下，畑洋子想起上海有个姨妈在办工厂，便来上海寻亲，却杳无音信，只得流浪街头。

碰巧，当时葛名提在街上为部队买菜，发现了这位身着和服的日本流浪女子，顿生怜悯之情，自作主张将她带到营部。当时一个团长看见后也动了恻隐之心，指示暂留营部，由葛名提安排她在厨房做事。就这样日久生情，不到半年，即 1945 年春，由团长撮合葛与畑洋子举行了简朴的婚礼。一年后生一男孩，取名为葛声日，1947 年春葛名提退伍，携带妻儿回到天保老家。不到一年畑洋子慢慢学会了许多当地的方言，很快融入了当地社会，这里的人们非常喜欢这个漂洋过海来的日本妞。老的称她为"洋妹子"，小的叫她"洋阿姨"，真是亲如一家。

在天保的日子里，夫妻两人辛勤耕种，相亲相爱，陆续生下三个儿子，一个女儿。儿子随父姓，女儿随母姓，名为洋春。全家以种田土为生，家庭和顺。

1972 年中日邦交正常化触动了畑洋子。她思乡之情日渐萌发，老伴不时安慰着她，总有一天会回故里见亲人。

改革开放后，中日关系日渐改善。身为大队信用社会计的大媳妇，经常向婆婆说起中日关系的趣事，于是畑洋子几十年思念亲人之情更加强烈。与老伴商量，首先写封信寄给日本的哥哥，她的记性好，还记得老家在日本奈良县。信寄出不到一个月，哥哥回信了还寄来十万日元。这天晚上她彻夜未眠，连夜又写回信。

就这样，先后经过四次通信，畑洋子与老伴商量，决定漂洋过海回娘家探亲。1988 年 3 月第一次和老伴带上大儿子回娘家，在那里足足住了两个多月，回来时娘家还打发了日本自行车和彩电。以后又先后去了四次，加深了儿女们与日本亲人的深厚感情。

1993 年葛名提因病去世，畑洋子决定带儿女们去日本。全家分成三批：第一批是 1994 年去了两个（畑洋子与幺儿），接着第二批三个（女儿、女婿、外孙），第三批是大儿、二儿、三儿及三个媳妇和五个孙儿。据说现在只有畑洋子和大儿、大儿媳在日本定居，其余的都是暂居，在工厂打工。他们打工的钱除开销外，用积蓄在中国长沙购了房子。畑洋子嘱咐子孙们，不论在天保的老屋还是在长沙的新屋都不能变卖，她和子孙们还要回故乡来的。这里是她受难后几十年生活的地方，她忘不了这里的乡亲，更忘不了这片故土，这份乡情。

编后记

　　当散发着油墨清香的《安乡故事》的清样放在我的案头的时候，我终于长长地舒了一口气，沉压在心头四年之久的重荷，似乎顷刻间滑落。从初夏到深秋，从隆冬到旺春，我无暇欣赏夏荷与秋菊，冬雪与春景；从黄山头到芦林铺，从三岔河到大湖口，我无暇丈量脚下这片土地，我只为一事，驾驶着我的爱车，穿越夏秋与冬春，在古老而厚重的安乡大地上，翻挖着机智、诙谐、美丽、动人而又充满理想与力量的"安乡故事"。

　　"文章千古事，得失寸心知"。我和我的团队不敢有丝毫的松懈和惰情，我们只得将勤勉的"寸心"报与"三春"的温暖与光辉。多少个夜籁俱静时，正是我们高速运转的良辰；多少个节假日里，正是我们躲避嘈杂、独坐书房而全心工作的时候。虽然头疾会不时袭来，虽然疲惫会爬满周身，但只为一个信念，争取《安乡故事》早日出版。

　　我深知，一项文化工程的建设与否取决于领导的重视与担当，而有幸参与此项工程，则取决于领导的信任与支持。我和我的团体既然行进在这繁荣地方文化的浩浩荡荡的队伍里，又有什么理由不勤勉工作、全心投入呢？惟有如此，才能消除那份期盼与信任的忐忑。我的家乡正处于快速上行的运势，再者，深厚的文化底蕴，造就了一群具有远见卓识而又心结文化的领导者。我的兄长、县政协主席章绍君先生便是其中的佼佼者。他不仅策划、部署了包括本书在内的系列文化工程，还为本书的结构、篇目、字句等提出了具体的修改意见，那注满责任的眉批与尾批，杠杠与圈圈，见证了他的垂范与尽职。我不禁肃然起敬，他在百忙之中，为本书倾注如此多的心血。同时，为能在他的麾下工作倍感荣幸与自豪，也只有努力工作方能报信任与支持之恩。

在这前行的队伍中，有一位长者，格外引人注目，那就是我县文学泰斗、知名作家、我的恩师李世俊先生。为了这本故事集，他不顾八十高龄，不顾炎夏寒冬，默默奉予，呕心沥血。他不仅带头创作，还下乡采集，为本书倾注了极大的热情与精力。面对他，我仰望着；独处时，我沉思着。答案只有一个，那就是他对文学的热爱，对后辈的帮扶，对繁荣本土文化的责任。我常常为他的那句话激动不已，他曾对我说："只要你做的决定，我坚决服从；只要你牵头的事，我积极参与；只要你有需要，我尽全力支持。"多么铿锵的言语呀，多么温暖的诺言呀，他可是誉满安乡的大师级的前辈哟。

还有一个人，我同样要深深地感谢他，他就是我的老领导安彦同志。他对文字的感觉不知是何年何月迸发出来的，他的校对使我不得不五体佩服。他堪称金牌校对，能把潜伏在旮旯里的极不显眼的错别字统统挖掘出来，即使错误的标点符号也

227

逃不过他的眼睛。他较真的劲头，常常迫使我把相关的工具书查了一遍又一遍。我暗暗想："老领导，只要我还从事相关的文字工作，我一定邀你同行。即使'逃'到新加坡，也要'缉'你归来。"

还有许许多多的人，对本书给予了帮助和支持，无论编者，抑或作者，在此一并致谢！

本书凡收录故事近八十篇，辑为"历史故事""民间故事""革命故事"和"当代故事"。由于种种原因，肯定存在这样或那样的不足与错误，敬请广大读者提出批评与建议。本书如若对你了解安乡历史、增加对安乡的热爱有所襄助，我则会感念万分。

韩 霆

2019 年 10 月 18 日